敕勒川
ChiLeChuan

原名王建军，1967 年出生。现供职于宁夏石嘴山文联。曾获《诗刊》2010 年度青年诗人奖、第四届刘伯温诗歌奖等奖项。著有诗集《细微的热爱》。

# 我在人间，挺好的

敕勒川
ChiLeChuan
著

黄河出版传媒集团
阳光出版社

图书在版编目（CIP）数据

我在人间，挺好的 / 敕勒川著. -- 银川：阳光出版社, 2021.10
ISBN 978-7-5525-6140-1

Ⅰ. ①我… Ⅱ. ①敕… Ⅲ. ①诗集－中国－当代 Ⅳ. ①I227

中国版本图书馆CIP数据核字(2021)第216580号

我在人间，挺好的　　敕勒川 著

责任编辑　谢　瑞
封面设计　赵　倩
责任印制　岳建宁

黄河出版传媒集团
阳 光 出 版 社 出版发行

出 版 人　薛文斌
地　　址　宁夏银川市北京东路139号出版大厦（750001）
网　　址　http：//www.ygchbs.com
网上书店　http：//shop129132959.taobao.com
电子信箱　yangguangchubanshe@163.com
邮购电话　0951-5047283
经　　销　全国新华书店
印刷装订　山东新华印务有限公司
印刷委托书号　（宁）0022074

开　　本　880 mm × 1230 mm　1/32
印　　张　8.75
字　　数　150千字
版　　次　2021年10月第1版
印　　次　2021年12月第1次印刷
书　　号　ISBN 978-7-5525-6140-1
定　　价　48.00元

# 每一首诗都应该是一场日出（代自序）

——学诗札记

“诗人不必要充满灵感地升到天上，在大地飞翔，他的使命不是在于离开大地，飞上天去摘取星星，他是永远也得不到它们的。诗人的任务在于从他所及的范围内闪烁着的东西中创造出新的星星。”（法国·勒韦尔迪）我庆幸自己在刚刚写诗的时候看到了这句话，并且深信不疑地努力去这样做。因而我的诗歌是踏踏实实的，从没有离开过大地，离开过我的心灵。我用诗歌发现那些被尘土埋没了的光芒，发现人性中明亮的部分，发现生活中的爱和感动。我也用诗歌照亮自己，照亮生活。

诗是写给人的，所以诗要说人话，要感动人，要直抵一个人心灵深处最柔软的地方。

诗可以轻灵，但不可以轻飘。诗可以沉重，但不可以沉闷。诗可以简单，但不可以简陋。诗可以不成熟，但不可以世故。诗可以不精美，但不可以丑恶。诗可以宁静，但不可以死气沉沉。诗可以激情澎湃，但不可以张牙舞爪。诗可以想象,但不可以撒谎。诗可以有技艺,但不可以没有诗意。

我觉得一首诗就是一个人，一个人应有的品质，也应该是一首诗应有的品质。善良，宽容，坦荡，责任，自尊，朴素，悲悯，正直……这是一个人应有的品质，也应该是一首诗应有的品质。

做人远比作诗更重要。不能做一个好诗人，就做一个好人，一个读诗的人。想不起是谁说过：只有伟大的读者，才能造就伟大的作家。所以，要尊重读者，所以要“把心交给读者”（巴金）。自己的心是自己的诗的第一个读者，把诗交给自己的心，要首先感动自己。

有什么样的生活，不一定有什么样的诗歌。但有什么样的心灵，就有什么样的诗人。

诗歌不是凑热闹的事，也不是赶潮流的事，它是一件孤独、寂寞和艰辛的事。所有真正的诗人都是孤独和寂寞的，即使他身居高位，即使他腰缠万贯，即使他名满天下。“千秋万岁名，寂寞身后事”（杜甫）。对于一个诗人，生前与身后是一样孤独和寂寞的。或许，孤独与寂寞，是上天对一个诗人最好的奖赏。

不是每一个写诗的人，都能成为一个真正的诗人，都能获得世俗意义上和诗歌本身的成功。要有勇气承认：我努力了一生，也没有成为一个真正的诗人。从某种意义上来说，永远没有成功，只有在路上。即使我们创造出伟大的诗歌，那也是永恒诗歌的一个脚印、一个链条、一个部分。所以，清醒的诗人不会为自己写出几首“好诗”而沾沾自喜，他们可能永远活在痛苦之中，为诗歌，为人生……因为他们知道，他们只是为“永恒”做的一个微不足道的准备。

一个真正的诗人，就像一个真正的农民那样，是一个默默耕耘的人。他的播种与收获，是自然而然的事，是天经地义的事，是一个人的事。他别无所求，他一心只想把自己的这份地种好，不要愧对了大地、时光和自己的汗水。

诗人是一些虽无立锥之地，也胸怀天下的人。

在任何社会、任何时代，生活都不是一件容易的事。感谢生活，让我至今还不屈不挠地活着。感谢诗歌，让我至今还心怀梦想、感恩、责任与爱，卑微而高贵地活着。

小心生活，大胆写诗。

清贫而诗意地生活着是好的，富贵而诗意地生活着也是好的。

“对于只想以笔墨问世的青年，我现在却敢据几年的经验，以诚恳的心，进一个苦口的忠告。那就是：不断的（！）努力一些，切勿想以一年半载，几篇文字和几本期刊，便立了空前绝后的大勋业。还有一点，是：不要只用力于抹杀别个，使他和自己一样的空无，而必须跨过那站着的前人，比前人更加高大。初初出阵的时候，幼稚和浅薄都不要紧，然而也须不断的（！）生长起来才好。”（鲁迅《三闲集·鲁迅译著书目》）我愿意把鲁迅先生的这段话抄在这里，与所有的诗人们共勉。

诗歌和爱情一样，是一辈子的事情。

进入诗歌是一种境界，需要面壁十年而后破壁的内力。进入诗歌是一种缘分，如茫茫人海那一双眼睛与你欣然相视的一瞬间，心灵与心灵的观照。进入诗歌是一种悟性，如梅雨时节豁然而至的晴朗。进入诗歌是一种执着，需要我们带着全部的爱、生命与真诚，如带着阳光、空气与水。进入诗歌是一种意外，一种“众里寻他千百度，蓦然回首，那人却在灯火阑珊处”（辛弃疾）的意外。

诗歌是一种感觉。诗歌是一种责任。诗歌是一种生活态度。诗歌是语言的尊严。诗歌是灵魂的印章。诗歌是心灵的见义勇为。诗歌是对这个世界和心灵的再发现和再创造。诗歌是“此中有真意，欲辨已忘言”（陶渊明）的“真意”与“忘言”。诗歌是一种说也说不清的韵味，像一壶老酒，回味无穷。诗歌是对沉默不尽如人意的翻译。诗歌是人与世界、人与自然、人与人、心灵与心灵相交流的一种方式。诗歌从一个人的心灵开始，经由语言的运载，到所有的心灵为止。

面对一张白纸，我一再告诫自己：不要侮辱了一张纸的清白。

一直以来，我都是一个活在文字和内心里的人。至少，我试图努力活在文字与内心里。我离群索居，与人疏于交往，一个人静静地读书、写作、喝茶、散步、晒太阳……这几乎成了我多年不变的生活。就是说，我一直在向文字和内心跋涉。这跋涉的结果，就是我写下了一些长长短短的诗歌。是诗歌，让我在无论什么情况下，都挺起胸膛、抬起头颅、堂堂正正做人。是诗歌，让我还知道什么是羞耻，保持着一个人应有的品质。

我用诗歌向美和生活致敬。我用诗歌向诗歌致敬。我用诗歌抵御这个世界和内心深处深渊似的欲望，尽量让自己活得质朴、健康、自然、干净。

偶尔读到八大山人的《行草书格言》，心神不由一动，想，做人与作诗的最高境界，大概就是这个样子吧："气象高旷而不入疏狂，心思缜密而不流琐屑。趣味冲淡而不近偏狂，操守严明而不伤激烈。"

一直以来，我都认为：真情真爱是最好的技巧，老实朴素是最大的技巧。一直以来，我都做着这样的努力：在心灵宁静地写作中，力求达到自然、人、诗歌三而合一的境界。

在我看来，每一首诗都应该是一场日出，从一个人的心中捧出来，温暖、明亮、美好、鲜活……给人以安慰与感动，更给人希望与信心。

我一直为写出这样的诗而努力着。

2020 年 12 月 27 日修订于冬日的阳光中

# 目 录

## 第一辑　有人从火焰中取出黄金

## 第二辑　每一扇门背后，都藏着闪电

## 第三辑　风吹过你时，是蓝色的

## 第四辑　我从未完成，我一直在诞生中

## 第五辑　徒步者

# 第一辑　有人从火焰中取出黄金

不是每一朵花都能走到果实……不过
这也没什么，我早已为你准备好了
这人间，喜忧参半的泪水

## 画自画像的女儿

——给女儿十八岁的生日礼物

她涉世未深，面对生活，还不能
把自己放到一个合适的位置，幸而
她可以用整个青春期来调整自己
当然，还有那些画笔和颜色

她还不能很好地处理那些明暗、繁简和动静关系
对于细节，也有疏漏之处，这说明
她正在成长，还有很长的路要走，还有
不可限量的前途

她还没学会和一张白纸坦然而深刻地交心，她无法
完美地把自己从生活中搬到纸上，她需要
反复练习，不懈努力，才能从众多的自己中
选出那个满意的自己

但她的那一双眼睛让我感动，明亮，清澈，干净

无论是在画上，还是在生活中，而这

是一件多么美好的事情，让她总是能够找到

一张白纸以及人间，温暖的一面

# 正午的阳光

正午的阳光突然而至，像一头狮子
凶猛、威武而又不动声色：真正的王者
从不高喊，它只是照耀，它有
我们无法理解的疼痛
和幸福：它温暖黑暗，而不是
消灭

正午的阳光，无法，无天，它纯粹
如无，如一个人
突然地掩面——

正午的阳光如此安静，因为
再没有光芒，可以将它照亮

# 故 事

昏黄的灯光下，说书人啪的一声
甩出了他的故事：说时迟，那时快，一把
亮闪闪的宝剑，抵住了他的喉咙……

他说着的时候，把手中的扇子一挥
抵到了观众的面前，一股冷飕飕的风
直抵一个人的内心，恐惧
从故事里弥漫到了生活中，一个人
下意识地抓紧了自己的衣角

但是，说书人把扇子往回一撤，呵呵冷笑一声
说话间，又化干戈为玉帛，覆手为云，翻手为雨
他为故事留下了一个美好的结果，为生活
开了一个不错的头

故事结束，故事中的人和故事外的人
都全身而退，剩下故事，孤零零的

像一场意外，又像一座

故意被人做旧的废墟

## 茉莉花

——兼赠女儿

这一盆含苞累累的茉莉花
小心翼翼地挺立着，洁白的花朵
使劲怒放着什么，又好像
极力隐藏着什么

馨香散去，谁还记得
你盛开的瞬间，开放的真相是
没有人能够代替你心碎

——所有的美，都是用疼和痛
做成的，一朵花不例外，花一样的青春
也不例外

不是每一朵花都能走到果实……不过
这也没什么，我早已为你准备好了
这人间，喜忧参半的泪水

# 悲 凉

天的确有些凉了，树叶落下来，草木
渐渐转黄，走在路上的人
加快了步伐，脸上
闪着看不见的寒气，一颗心
在另一颗心中，越陷越深，凛冽的目光里
白露，就要成霜

天，说凉就凉了，人
说老就老了……我们走在
这深秋的旷野里，仿佛
是这辽阔的秋天，一个意外的收获——

再伟大的果实，也总是包含着无尽的悲凉
一阵秋风吹来，我紧紧地抱住你
这样，人间就会凉得慢些

# 旧唱片

换一个地方生活又能怎样，你必须
依然保持生活的正常运转，并保持
某一种合乎规矩的旋律：以一颗心的
承受能力为限，以一双耳朵的好恶
为标准，一个人把自己压缩为
一张薄薄的旧唱片，似乎他的一生
不会超过那七个简单的数字……而我们
打开唱机，最先听到的，总是一段
无声的叹息，仿佛这世界上所有的歌声
都发源于沉默

一张旧唱片，一遍遍刷新着它的旧，仿佛
一个人从旧刀鞘里抽出一把老式的刀——
一个躲在刀刃上的人，他的歌声
当然会有些颤抖，这就像生活，时间久了
总会露出破绽

## 新衣服

不，不是你穿上了一件新衣服，而是
一件新衣服找到了它的灵魂，因而
一件新衣服才渐渐安静下来，散发出
奕奕的神采，舒适，服帖，动人
如此难得，你成了一件新衣服
刻骨铭心的一部分

一件并非独一无二的新衣服，却成了你
独一无二的选择，这多少有点
像我们的爱情：多年以后，你是否还记得
一件新衣服委身于你时
羞涩慌张的第一次

夜晚降临，一件新衣服静静地站在衣架上
它知道，守候，才是它一生最重要的事情
一件新衣服，让漫长的黑夜，有所松动
让一个人的梦，有了纯棉的质地

# 电 影

他演得如此真实，这是一个病句，他将
一个病句医治得天衣无缝，但他还不能
妙手回天，一个有局限性的人物
才会让人信服，他知道在恰如其分的时刻
犯一两个无伤大局的错误，他知道
如何从虚无中，表达出生活的真实

我们坐在黑暗中，看一束尘埃飘荡的光芒
将生活源源不断地搬到面前，我们相信
我们也曾生活在屏幕上，现在，我们
可以轻松自在地回忆，即使生活不尽如人意
我们也需要忍耐，我们不能
提前退场，这是不道德的，作为观众
我们不能失去本色，并且
在需要流泪的时候，让我们的泪水
看上去和真的一样

面对他人的生活，我们总是束手无策

一块深不见底的银幕，暗藏着无数可能

再见，便是其中之一

# 写作课，或者人生教育

不要试图篡改生活，生活的眼里
揉不得半点沙子，也不要试图
寻找捷径，你省略掉的，以后需要你
加倍的偿还，不要拿文字跟生活
讨价还价，在生活面前，文字
不堪一击，不要轻信命运，它从没有
露出过和善的面孔，不要相信
时光会从一而终，它会在你不注意的时候
另寻他路，不要试图放声歌唱，要学会
在暗夜里哭泣，你写下的
永远不如沉默
说出的多

不可能每一次都是初恋，但要学会
把自己尽量还原为一张白纸，与文字
做生死之交，与万物
互换灵魂，与你一起，将这残局

默默地收起……亲爱的，即使生活
是一个错别字，也值得你我
全力以赴

# 我为什么不自杀

首先，我的生命不是我自己挣来的，它是
我亲爱的父亲母亲，费气把力，用尽心思
争取来的，我不能拿别人的东西
白白送给死亡，这不道德

其次，我并不属于我自己，我无法说服自己
离开自己，我有义务让自己陪着自己
走完这漫长的一生，我永远欠自己
一个结果，并且是，美好的结果

再次，我爱上了一个人，关键是
她也爱我，如果我走了，她就会伤心，而
一个真正的男人，是不能让一个
你爱着她、她也爱着你的人伤心的，那不是
大丈夫所为，更何况，我们还创造出了
另一个生命，这是上天才可以办到的事啊
我们有责任，要延续上天的存在和尊严

最后，作为一个诗人，我不可救药地热爱着
大风、落日和美酒，作为它们的生死兄弟，如果
我早早地死了，大风，将自由给谁听，落日
将苍茫给谁看，没有我的大醉，一壶美酒的清醒
便没有了根据……而我写下的半首诗，带着
残废的身体，又将怎样在世上流传……当然
更重要的是——

缺了我，这个世界，就不完整了

# 修理钟表的老人

他与时间相依为命，他小心翼翼地
将时间安顿于方寸之间，他给了时间
一个具体的忠告：时间也会落满灰尘，走得
久了，也会受伤

不得不说，他与时间有了深厚的感情，时间
也让他一颗平静如水的心，历经沧桑
混迹于一大堆钟表中间，唯有他
是一座血肉做的钟表，唯有他
不可修复

凌乱的人生需要精确的道路
绕过生死，在时间的背后，他终于坦白——
时间的奥秘，就是一点点松开
紧绷的内心……只是，对于时间的忧伤
他一直无能为力

## 挂在墙上的一把旧吉他

我一眼就认出了那把旧吉他
在斑驳的墙上，它像是
另一种更深的斑驳，让一堵墙
有了意犹未尽的悲壮

一段年久失修的声音，一点点
破败，坍塌，消散，再回不到
一个人的喉咙

那个大张着嘴的人，无法吐出
喉咙里的空虚

## 隐喻：一个走得太快的人

不知道他有什么事，他走得
那么快，他也许是要去
赴一个重要的约会，看望一个
即将离开的朋友……也或许是
他的身后，有什么
在追着他……

他慌里慌张的样子，像一个疯子
他嘴里一直不停地念叨着：晚了，晚了
就要来不及了……他走得太快了
气喘吁吁的身体里，灵魂摇摇晃晃，几乎
就要抓不住他的身体了

他挟持了自己，却不知道
他到底想去哪里，他到底
想拿自己怎么办

## 养月亮

——女儿童年纪事

月亮出来的时候，她就会
端一盆水放到院子里，双手
小心翼翼地伸进水里，把月亮
捧在掌心——

她是肩负了多么大的责任啊
只要她稍稍一动，月亮
就会破碎

那时候，她还小，小到
还没有被什么东西污染，小到
还可以发现夜空，小到
还可以替人间，忧心忡忡地
养着月亮

# 中秋节写给上大一的女儿

不知道说什么好，寄去的月饼、猕猴桃
都收到了吧，几千里的风尘仆仆
它们的甜，没有丢失吧

再也不能像小时候，将你
放在我的膝头，就像我，再也回不到
母亲的怀抱

今夜，我也在外面漂泊，像一个
第一次出门的孩子，满眼璀璨的灯火，仿佛
就是为了照亮内心深处的那一粒疼

亲爱的女儿，天下大同小异，唯人间烟火
不可辜负，唯你让今夜的月亮，活得
像一个牵肠挂肚的老父亲，那么亮，那么单纯，那么
脆弱，仿佛轻轻一碰，就会轰然坍塌

## 碎 瓷

它最初肯定不是碎的，它最初
一定是完整的，甚至是
完美的，这可以从它残留的釉色
和它断了的半截梅枝上
看出来：你可以想象
另外的半截梅枝，一定在某处
继续开着

不知道它为什么碎了，或许是
毁于战火，或许是被人不小心
打碎了，也或许是它厌倦了
自己的完美，亲手把自己
弄碎了……这多么像我们的一生
原本是完美的，却活着活着
就活成了无数的碎片……天地无畏
太完美的事物，总是会
忍不住要破碎的

# 在巴彦淖尔，与一条大河握手谈心

静水流深，一条静静流淌的大河
她的身体里藏着一座大海，她要在
大海边卸下大海

一条大河抱着一座大海，摇摇晃晃
奔波在大地上，没有人知道，她雍容完美的内心里
潜藏着多少破碎、忧伤和疼痛

在这个叫作巴彦淖尔的地方，一条姓黄的大河
放慢了脚步，八百里河套足以容得下一条大河的
疲惫、风尘、欢乐与雄心

而我，静静地坐在一条大河的身旁
大地辽阔，河水明亮，时光绵长，一条大河和一个人
握手，谈心，相见恨晚

再一次伸出手，一条大河在我手掌上打马而过

她一定带走了我身体里的什么东西，同时
在我的身体里塞进泥沙、雷电、波涛、故乡与远方……

夕光正好，一个人和一条大河都镀上了金辉
而我不敢勘破，天堂亦如人间，河水即是泪水
一座大海，深不过一面单薄的镜子

# 沉默者（一）

你见过那个沉默如大地的人，或者
他就是一小块大地，他默默地看着万物
在他的怀里开花、结果、凋零，他用沉默
拥抱一切，也用沉默
拒绝一切，因而他的沉默，可能是红的
也可能是白的

你见过那个沉默如大山的人，或者
他就是一小座大山，他默默地站立着
像一个老人，或者一个少年，因而他的沉默
可能是舒缓的，也可能
是陡峭的

你见过那个沉默如一粒雪花的人，或者
他就是一粒巨大的雪花，他默默地开放着
因而他的沉默，可能是凉的，也可能
是带着翅膀的

你见过那个沉默的人，他就在我们身边

像是我们的影子，又像是万物的守魂者——

一个沉默的人，他独自沉浸于内心

伟大的合唱

## 沉默者（二）

面对生活，我们习惯了抱怨，我们
总是抱怨我们碰到的一切——
过于浩荡的大风，蓬勃汹涌的雨雪
无奈的生老病死，庸常的一日三餐
永无尽头的工作，熙熙攘攘的道路
街边匆匆的人群，内心抑不住的爱憎……
我们的抱怨，像是歌颂

当我们喋喋不休的时候，那个沉默的人
就会出现在我们的身边，他什么
也不说，他只是看着我们，像看着
另一个自己：沉默有它自己的规矩
沉默不是对不沉默的反对，而是
对不沉默的补充……沉默来到我们中间
寻找不朽的声音

## 亲爱的，新年快乐

夜幕降临，有人奔波在回家的路上
有人围坐在餐桌前，举起酒杯
有人在冷风中，捂着脸颊徘徊
有人手拉着手，走向街角的灯光
有人望着满天的星辰大笑
有人抱着一棵千年的古树痛哭
有人安然地放下手中的工作
有人小心地点燃大红的爆竹
有人一脸春风地唱起歌谣
有人泪流满面地露出微笑
有人挥着手向全世界说再见
有人在暗夜里，静静地把另一个人思念
新年的钟声敲响，他对着碰到的每一件事物
轻轻地说：亲爱的，新年快乐

# 与父亲拉煤

我清晰地记得，那个秋天的下午，我
和父亲，去离家十多公里的郊外煤场
去拉煤的情形……车是那种老式的人力排子车
去的时候，空车，顺风，父亲拉着我，一路
小跑，我看见父亲瘦硬的背影
在大地上一起一伏，仿佛一架
古老而又年轻的发动机

反正也没事，就当是一次周末郊游，反正
力气也是用不完的，父亲说……路过一片旷野时
父亲放下车，抽烟，歇息，若有所思地看着我
在荒野里欢天喜地地采了一束
说不出名字的野花

回来时，父亲把我采的那一束鲜花
仔细地插在车子的煤堆上，把绳子
套在身上，两手紧紧抓着车辕，在前面

拉着，我在后面推着，中间车上
小山似的煤，沉，重，黑，硬邦邦，像极了
那些年的生活……经过一段上坡路时
父亲使劲前倾着身子，大敞着上衣，紧绷的
后脖颈，渗着黑黑的汗水……仿佛他拉的
不是一小车煤，而是拉着整个北方
和北方的大风

那是我童年时，父亲唯一一次陪我郊游
这么多年了，父亲插在车子煤堆上的那一束鲜花
一直在我眼前，颤巍巍地晃动着……那时候
蓝天，还是炊烟的一部分
人间，还是父亲的一部分

# 想起父亲

十年了，现在，我终于能平静地
想起你，父亲，像想起一个
失散多年的老朋友

像你活着时一样，生活，依然是我
需要全力以赴去对付的事情，许多时候
我根本顾不上想你

即使偶尔想起你，我也不再像以前一样悲痛
父亲，莫非时间真的能抹平一切，把你
从我的心上抹去

我是不是应该感到羞愧，父亲
作为你的大儿子，却不再时常想起你
就像我，不再时常想起命运一样

所不同的是，父亲，自从你走后

我对这喜忧参半的尘世
更多了一分热爱——

亲爱的老爸，你留给我的这个世界
我怎能，不倍加珍惜
或许，有一天，你会回来

你会清点我的生活和心灵
你会明白，我越来越像你活着时的样子了
一个父亲越来越像另一个父亲了——

胆小，老实，谨慎，善良，坦然
与生活妥协，与命运互不相犯，与相爱的人
厮守一生，与自己，相安无事

## 引见

我被黑夜引见，拜访了
一粒灯火，它闪闪烁烁、支支吾吾
说不清自己的光亮从哪里来，要到
什么地方去，它沮丧地站在黑夜里
孤单的身影，被黑夜一再安慰，它说——
真的抱歉，我实在背不动整个黑夜
所谓的光芒，那只是我被黑夜压疼了
喊出了声

我被大地引见，拜访了
一只蚂蚁，我拜访它的时候，它正
向另一只蚂蚁飞奔而去，两只蚂蚁
一前一后飞奔着，它们气喘吁吁的样子
让大地一躲再躲，有一刻，我感觉大地
明显地，向它们那一面偏了一下，而我
耗尽此生，始终没有把自己稳住

我有幸被你引见，拜访了
自己，我目睹了自己，怎样从疼
爱到了痛，从一条道爱到了
一条道走到黑……而我最辉煌的，就是
失去你的那一刻，亲爱的人啊，你从没见过
那么浩大的悲伤，足可以让我
骄傲一生——
我曾舍生忘死地爱着一个人
如今，又舍生忘死地爱了她一遍

# 老戏台

老人们都叫它老戏台，至于有多老，老人们
也说不清，他们会撇着嘴说：我出生前就有了……
一座老戏台，总是比一个老人出生得更早，它总是
提前一步上演了一个老人的一生，让一个老人
可以从容地准备自己的生活……他被迫
演了一辈子观众，他心有不甘，却又
知足常乐，津津乐道：呀，他演得诸葛亮
神了，唉，神了……他说话的时候，一下子
就回到了锣鼓叮当丝弦咿呀的戏里，脸上的皱纹
像花朵一样怒放着，仿佛一座老戏台
又焕发出了青春

事实上，一座老戏台从没有停止过演出，从它建成的
　那一天起
演出，就成了它的责任、义务和生命，它必须
演出点什么，就像一个人必须活着一样——
午夜，月光的独舞清凉自在，寂静的时刻，风的清唱

像是某些事物敞开了灵魂，一场雨和一场雪
是短暂的幕间休息，等待着一只麻雀
或一只喜鹊的上场……偶尔，会有一个孩子
在戏台上咚咚地跑过，缭绕的回音久久不散……
更多的时候，老戏台空空如也，没有人知道
这正是一座老戏台最经典最意味深长的演出

台下，散漫的时光里，有人安坐，有人离场，有人
低低地抽泣，有人会心一笑，有隐隐的喝彩
和掌声响起……一座老戏台，从未荒芜过，荒芜的
是我们的眼睛

## 伤 口

伤口无数，那个咬牙切齿的
肯定不是伤得最深的

有的伤口说出悲伤
有的伤口说出疼痛
有的伤口说出绝望
有的伤口说出无所谓

有的伤口，什么也不说，仿佛它
从没有受过伤，仿佛它知道
沉默，是一个永恒的伤口

# 烟 花

这是一种什么样的花，它的开放
犹如凋零，当一个人准备好
夜晚、天空和疼痛，一朵烟花，收留了
一双眼睛的黯淡与迷茫

我庆幸还能仰望，我庆幸还能
站得更远，我庆幸还能置之身外，看到
曾经的自己，怎样把自己
一下子逼上了绝境——

那是一个人最美的眼泪
正划过另一个人的脸颊
那是一只飞蛾用扑火的姿势
挽救了一座天空的虚无

## 退 隐

一把刀累了，一把刀
也有老了的时候，一把刀
厌倦了锋利、血肉和所向披靡

一把刀逃出了一双手的掌控
一把刀突然觉悟
一把刀要立地成佛
一把刀想起
它曾经也是大地的一部分

哪里有什么江湖，有的
只是一把刀的幻觉，一把刀
抽身而退

一把刀鞘，用漫长的黑暗
唤醒了一把刀的
恐惧和疼痛

## 崩 溃

落叶崩溃，类似于

衣锦还乡，它落到哪里

哪里就是故乡：一匹落叶，将沉重的故乡

随身携带

大海崩溃，一遍遍将自己淘汰

只剩下天一样蓝的骨头：风暴

止于风暴

唯有黄金的崩溃，被人误认为

是将光芒重建，而我的崩溃

更像是一场欢天喜地的庆祝

# 阵 雨

一个顽皮的孩子，一个
开过了头的玩笑：当那么多人
举起雨伞，一场雨
却风一样溜了

被淋湿的和没被淋湿的人
都有着同样的失望

一念来，一念走，一念又晴空万里
唯有那个痴情的人，一直站在雨中
为你守着，一小块干净的人间

## 春日的墓园

这里不像是墓园，人们三三两两，手捧鲜花
仿佛是要去赴一场难得的盛宴——
也确实是一场难得的盛宴
这生和死，这春日里满面的春风

那个老人面容平和，甚至散发着淡淡的笑容
这么多年，他早已与生活握手言和，与死亡
也签下了令人满意的协议：他终于可以
用一束鲜花，来和死亡谈一谈了

在这里，在这春日的墓园，再没有比死亡
更平常的事了，生存和死亡
也不再是一个问题：你看那个年轻的女子
脚步轻快得如同飞翔

这么多的人，这么多的脚步，沿着同一条道路
找到了不同的死亡……当我停下脚步，当我擦拭着大地

我知道我亲爱的父亲母亲，也在擦拭着我
毋庸置疑，确实有一种生活，可以超越生死

而一块墓碑，像是从我身体里出走的一块骨头
那种孤傲与悲壮，和我的一生一模一样
如此倔强，又如此无助——
从没有一个人，可以像我一样生活

## 危险之地

没有比心灵更危险的地方，因为
它总是坍塌得比我们想象的更快，并且
不可重建……万物皆被心灵所困，万物
助长了心灵的危险……我们不得不
把思念拖得像一场葬礼

## 在一默书房听古琴《佳人曲》

弹琴的是个老先生，他先
若无其事地弹出一座城，然后
又不动声色地弹出一个国，当他
小心翼翼地弹出一个佳人时，天地
屏住了呼吸，空气里弥漫着
紧张的波纹，不远处的北江
愣了一下神……而我，耸了耸肩，故作
镇静，仿佛他弹出的那个女子
从没有在我的心上走过，从没有
让我疼过……

琴声戛然，一把琴收回了
它所给予我们的一切：一座城和一个国
停止了倾覆，时光
散发着木质的光芒，命运
露出了它红颜薄命的一面

# 出 海

海蓝得无边无沿，泛着白色浪花的
波涛，每隔一段时间就会涌过来，像是
不厌其烦的邀请，又像
某种不可言说的推托

那个对大海情有独钟的人，闪烁着
大海一样幽深的眼睛，内心里
镇静得像命运一样不动声色——
他把船开进大海，像把一小块陆地
赶进水里

## 日落时分

日落时分，我看见一个人
拖着他的影子匆匆走过，看不清
他的面容，也看不清
他如何拖着他的影子，只觉得
如果不是影子拖累了他，他可能
会走得像一阵风一样轻快

也许是忘记了什么，也许是
想起了什么，他忽然停下脚步，影子
犹疑了一下，但随后
径直向前走去——
影子，有了自己的主张

一个被影子抛弃的人，站在大地上
他的孤独，像一场无比羞愧的日落

# 时间的接力者

我非尘埃，而是泥土
只有一粒泥土，才够资格
说出大地的艰难与幸福、贫瘠和富足

在无数的小草里，我允许那一株
长成一棵大树，将天空
稍稍地抬高一些
在众多鸟儿的喧闹声中
我允许一只鸟独自沉默
允许它独自完成
这不可能完成的寂静

——我来到这尘世，领受
我这一份孤独，也享受
我这一丝仅有的细小的骄傲

所有的生命，都只是时间的接力者

既无所谓开始，也无所谓结束

而大地上的一盏灯火，一定重于

天空中的一颗星星

## 七 日

第一日，在我到来之前，有什么
已先于我，抵达了你……对于你
我总是迟到，或者是即将迟到的
那一个……而在还没有完成的世界面前
你是我唯一的理由

第二日，要有光，这世界便有了黑暗
要有幸福，这世界便有了痛苦
要有我，这世界便有了你，我爱过你
但不是从一开始……众望所归的
总是一再重复的悲剧

第三日，夜晚总是如期降临，夜晚
总是能给我们额外的馈赠，夜晚
有一颗柔软的心……星星升起来的时候
我一一细数着这人间烟火，那
最疼的一盏，最亮

第四日，世界已经准备好万物，但我们
还没有准备好万物之心，有风，但它
不肯说出那些飘零的身影，风只是
催促着他们，风通过他们
吹着自己……风，从不凋零

第五日，太阳出来的时候，有人获得了
大赦，而我依然被囚禁在自己的身体里
我有罪过，还没有赎完，我有你
却找不到故事，你在我的
跌宕起伏之外，你是另起一行

第六日，我一退再退，而生活
仿佛是一个无底洞，我无法退得
彻彻底底……我不知道，我退得越深
越不胜寒，我退得越远离你越近，仿佛
你是生活沉淀到最后的那一部分

第七日，终于有资格回忆，回忆，等同于
憧憬，等同于虔诚的诵读，等同于

一个人站在苍茫的大地上，万物

穿他而过，但他从不喊疼，他镇定如

无，如你从不存在

# 梅

1

一滴血落在纸上时，梅花开了

一盏灯屏住呼吸，轻轻放下
晃动的人间烟火，小心地
往灵魂里，填上了几缕
疼

昏黄的灯光哭出声来，它不明白
忍耐、沉默和苍凉，是所有灵魂的
必修课

2

本来是温的、暖的，本来是在一个人的心上
跳动着的，本来是可以成为一个人眼里的
黄金的……但是恰逢其时，恰逢一个人的心
怦然一动……悬崖已经准备好，跳和开

都有了永恒的理由：一生
总要有一场
舍生忘死地奔赴

一张纸，深不见底
一朵梅花，将人间掏出了一个窟窿
探出头来

3

一次比一次淡了，一朵梅花
默认了三种命运：红，粉，白，剩下的
便是一块石头的突兀与轻盈，一双翅膀
抱着一座天空，在里面飞翔了好多年
就如一朵梅花，颤巍巍地，在细瘦的绝路上
跋涉了一生：道路止步的地方
诞生了飞翔

她用红，认出命中注定那个人
她用粉，完成了一个童话
她用白，接续了时光暗藏的义务

4

熙熙攘攘的，那么多的梅花，争先恐后地
奔赴果实，她们一步一盏馨香，她们在路上
埋下闪电和笑容，她们相信绝处逢生，她们
在绝处
遇到了我

天地无垠，时光无限，唯有那一朵
忍住泪水的梅，我把它叫作
我的爱人——

亲爱的，我不爱你
春天无法开始

5

雪是一个药引，它引出一朵梅花的主方
开郁、止咳、解毒……对灵魂
有事半功倍的疗效

而那个藏在一朵梅花里的人，被雪
优雅地识破——

那么好吧，我坦白，并就此
了却余生：的确，一个人和一朵梅花加起来
就是这人间的一服良药

6
似乎光有梅也不行，还得有
山川，大地，花园，书生，还得有
不可言传的故事：那个人在屋檐下，细数着
一场梅雨，数到紧要关头，他就端起桌子上的
青梅酒，一饮而尽……他在想着，什么样的竹马
才配得上这孤高绝世的青梅

至于松、兰、菊，那是一朵梅
爱上清风的样子

7
和土为泥，烧泥为瓷，那个把大地搬上书桌的人
也把一枝梅，请到自己的心上来：心
是这个世上最精致的瓷瓶

用月光祝福，用白云做梦，用露水喊出
亲爱的梅：所谓得道，也不过是一个人
死心塌地地爱上了另一个人

8

用锋利的针尖，梅成为一个人
不可或缺的一部分

一朵梅，静静地
依偎在一个人的胸前，你荡漾
她就怒放，这馨香无法停止，像一个人
无法管住他的思念：你咬紧牙关，只为证明
自己从没有坚强过

9

一生，从苍茫到苍凉，从爱到热爱
一瞬，从花朵到果实，从指尖到心尖
凡飞翔的事物，都会让天空低头
一个人在镜子里准备了另一种场景——

梅花落时，那个躲在旧时光里的人，疼得

碎了一地

人间的忧伤，又深了一寸

## 火焰

1

火焰起源于两双凝视的目光，那目光
是木质的，所以火焰可以开出花来
但火焰开出的花朵，不被其他花朵
理解：它怎么能那样开放
像火一样开放的，肯定不是花朵
火焰的孤傲，是闪着光芒的

2

你可以劈开木头，但你劈不开火焰
一旦你掏出一朵火焰，你就无法收回
你无法让一块木头，在火焰面前
保持沉默，谁疼了，都会喊，一块木头
一边疼，一边喊着一棵树的名字
火焰最终默认了万物，但火焰
有火焰的难处

3

火焰陡峭，火焰危险地

悬于人世，火焰怀揣真理

一颗滚烫的心，将何以为继

一朵火焰，摇摇晃晃

扶不稳自己……火焰

无法对光明

一一进行解释

4

一盏油灯静静地燃烧着，娇小的火焰

猛地挣扎了几下，然后

突然熄灭……而我

竟无力安慰这小小的风暴——

世界啊，那个在灯下缝衣的母亲

不在了，唯有白发

还在世上继续

5

炉火正旺，温一壶酒吧

酒醒了，这个世界就暖和了

你双手捧着一壶酒，像捧着
这个世界的火种……不用着急
这人间会慢慢地醒过来，而我们
也可以慢慢地、一点一滴地
向自己告别……最难的，不是最后一刻
而是开始

6
黑夜是一口古老的井，寒冷
也是，当你从井口向下探望时
火焰在井底闪烁——
一口水井，从没有熄灭

7
火焰分为家火和野火
家火我们见多了，但野火
一直是个谜，像天启，可遇
不可求……那个回收闪电的人
在人间潜伏已久，他嗓子里的雷霆
正在发芽

8

一朵火焰，是另一朵火焰

结出的果实，这向死而生的秘密

只在疼痛者们中间流传

纸包不住火，但疼痛可以

疼痛掩护了这世上所有的火焰

9

有人从火焰中取出灰烬

有人从火焰中取出黄金

而我，从火焰中取出

冒着热气的土豆，这黑不溜秋的东西

又沙又甜，像一个初吻，又像

一小块被人遗忘了的古老的大地

# 第二辑　每一扇门背后，都藏着闪电

三只流浪狗，一只黑色，一只黄色，一只白色

二个穷人家的孩子，风、雪和大地是它们

最好的玩具……哦，这清贫的快乐

总是让人心疼，而又，深怀嫉妒

## 童年

七岁那年，我偷了小伙伴大满的一盒蜡笔，被母亲拽着
去大满家，给他送还并道歉，回来的路上
母亲提溜着我的衣领，黑着脸，像一个
大义灭亲的包公

但母亲没有铡刀，母亲有一根胳膊粗的木棍
胳膊粗的木棍打在我身上比铡刀更锋利
——让你偷！让你偷！让你偷……打到最后
母亲紧紧抱着我，哭了……那是母亲
一生中唯一一次打我……几十年过去了
当初撕心裂肺的疼痛，却成了我此生
最温暖的幸福

如今，无论我做了什么事情，母亲都不再管我
她离开我好多年了，任我怎样恳求
她都不再回来了……偌大的人间，那么多的母亲
没有一个，是我的

# 新春，与故去的父亲饮酒

外面的爆竹声渐渐浓了起来，父亲，我知道
你又回来了，像你活着时一样，你总会
在逢年过节的时候回来

父亲，我依然是那个躲在门后偷偷看你的孩子
看你放下行李，看你变戏法似的
从硕大的书包里掏出一袋糖或者一个玩具……

父亲，我知道你就坐在我的对面，我知道
你默默地看着我，我甚至可以听到
你喉咙里，嘶哑的喘息

作为一个不擅饮酒的人，父亲，今天我想和你
好好喝一顿，这么好的时光，这么好的酒，我们为什么
不好好喝一顿呢，人生在世，不过也就是一场大醉

父亲，就让我们两个，用一场大醉

清醒地和这个世界，谈一谈
生为何物，死为何物，生死之间又是何物

父亲，你是不是会一直坐在那里
直到我成为你，直到
我们都成为永恒

外面的爆竹声渐渐地淡了……亲爱的老爸
此刻，我有整个世界的忧伤，却只能通过一滴酒
来哭泣

## 给母亲陪床

躺在病床上的母亲像一个婴儿
虚弱，安静，面色潮红，事事
都要依靠儿女们，仿佛小时候，我们
依靠着她一样

她说回家，她说她拖累了儿女们……
她的手颤巍巍地抓着床单，像一个做错了事的孩子，不住地
说着自己的不是，那份惶恐和惴惴不安
让我心酸

母亲，其实我比你更加惶恐和惴惴不安
父亲早走了，如果你再走了，我就成了孤儿，你让我
去找谁喊一声——
妈妈

世界那么大，妈妈，只有你可以让我坐在身边
只有你知道我哪一顿饭没吃，哪一刻

就要快支持不住……可妈妈，我是多么惭愧啊
此刻我更关心的，不是你，而是你的病

作为一个贫穷的诗人，我没能让你过上更好的日子
就像此刻，我还在为明天的医药费绞尽脑汁
母亲，你给了我生命，可我
却只能眼睁睁地看着你，一天天虚弱下去……

从没有想过你会离开我们，仿佛你不会老，会
永远陪伴着我们——
静静的夜晚，静静地在母亲身边坐着
这样的日子，已经不多

# 有没有这样一个父亲

有没有这样一个父亲，他喝最劣质的酒，他抽
最便宜的烟，两个馒头加一大杯白开水，就是
一顿饭，一件衣服穿好多年，但在你面前
他从没有说过苦，从没有愁眉苦脸过，给你的
永远是温暖的笑脸

有没有这样一个父亲，小时候
你总是看不见他，但每次见到他，他都会
变戏法似的给你惊喜：一小包零食，或者一个玩具
偶尔一次坐在他的肩膀上，你高兴得仿佛坐在了
世界上最高的山顶……的确，在这世上，没有一座山
能够高过父亲

有没有这样一个父亲，他从没有说过爱你
但你需要的，他给你，你不需要的，他也给你
你要星星，他会连月亮一起摘下来给你，你看到的
永远是一个蕴藏着无限能量的父亲，无论什么时候

都可以依靠的一个父亲，你可以在他面前
撒娇、耍无赖、摔盘子……无论你伤害他多少次
他都会原谅你，他都会
像最初的时候，依然深深地爱着你

有没有这样一个父亲，在你结婚的时候，他倾尽
一生所有，为你营造了一个明亮宽敞的家，而他
依然住在矮小的棚屋里，担心着
你的工作、家庭和吃喝拉撒睡，一天一个电话
惹得你有些心烦，觉得这个父亲
是多余的

有没有这样一个父亲，你从没有见他
哭过，但在你出嫁的那一天，他把这个世界
哭得稀里哗啦，把你的一双小手，放在了
另一个男人的手里，你不知道，他交出去的
是他的全世界

有没有这样一个父亲，你和他常常坐在一起
品着茶，喝着酒，闲聊着杂七杂八的事，父子一场
多年后，你们终于成为兄弟，可以赤着膀子

一起面对这个世界

有没有这样一个父亲，有一天，你忽然发现他
老了，头发白了，皱纹堆满了脸庞，头脑也不灵光了
记不得回家的路，也记不得亲戚朋友，但依然记得
你的生日，记得你第一次喊爸爸的模样

有没有这样一个父亲，当你终于有一天
能够给他买全世界最好的东西时，他却
不在了……你对着全世界喊爸爸时，再也不会
有人答应了，再也不会有一个人
可以做你的父亲了

有没有这样一个父亲，他去世多年，而你
也习惯了没有他的日子，仿佛
他从没有做过你的父亲……

# 姥姥的葬礼

我回去的时候，姥姥已经被安放在了棺材里
棺材前燃着长明灯，点着香，放着
烧纸钱的盆子，厚厚的纸钱堆在旁边……舅舅姨姨们
穿着白色的孝衣，声情肃穆，亲戚们
悄无声息地飘来飘去，偶尔有一个奔丧的人
跪在棺材前哭一嗓子，那声音
不像是对姥姥的哀悼，倒像是
终于抒发了他（她）憋在内心深处的
某种说不清的情绪

你姥姥活了八十五，可以了，咱这
也算是白喜事了……舅舅说，舅舅的意思是
我不用太过悲伤……而事实上，我的确
还没有适应悲伤，我坐在棺材前，想着小时候
姥姥温暖的笑脸，从没想过
那么疼我的一个人，也舍得离开我……

与姥姥的安静，形成鲜明对比的是
鼓匠班的喧闹，那些歌声、鼓声、唢呐声，高亢得
有些异常，仿佛在使劲
压制着什么……而我，木木地看着这一切，想起
即将安放到大地深处的这个人，是我
母亲的母亲

# 献 血

不是我的血太多了，我才去献血的
不，不是这样的，对于我，每一滴血
都是我身体不可分割的一部分，正是它们
组成了我身体里大大小小的河流，并
一点一滴地滋养了我那一颗
风吹雨打、历经沧桑的心

我知道我身体里的血都是有血性的，它们
宁为玉碎，不为瓦全，它们一遍一遍
在我的身体里跋涉、攀登，它们产生了
超越我身体的理想，它们
要在另一个人的身体里
见义勇为，救死扶伤

我小心翼翼地打开自己，我目送
一滴又一滴鲜红的血义无反顾地走出自己——
陌生人啊，假如有一天我的这些鲜血

流到了你的身体里，敬请你善待它们

它们是我曾经的心跳，是从我心里

远走他乡的疼啊

## 三只流浪狗在雪地里嬉戏

白皑皑的雪地上，三只流浪狗
在欢快地嬉戏着，它们时而扭作一团，时而
箭一般簇拥着奔向远方……仿佛它们的脚下
不是寒冷的冰雪，而是暖暖的地毯

不知道它们昨夜睡在哪里，不知道
它们吃早饭没有，不知道它们
是不是一家三口，不知道它们
从哪里来，要到哪里去，不知道
它们为什么这么快乐——

难道流浪是快乐的
难道一无所有是快乐的
难道寒和冷是快乐的……

三只流浪狗，一只黑色，一只黄色，一只白色
三个穷人家的孩子，风、雪和大地是它们

最好的玩具……哦，这清贫的快乐

总是让人心疼，而又，深怀嫉妒

# 卡通人

他暂时收拾好自己的年龄、性别、身高和胖瘦
他暂时放下亲人、朋友和内心的欢乐与忧伤
他暂时把自己寄存在一个动物身上
一只狗熊，或者一只猫咪，暂时
拥有了一个人的灵魂，但它的身体
暂时还没有适应过来，身和心的合一
并不是一件简单的事

一个卡通人，他笨拙地递过来一张
生活的消息，不论这消息是真是假，我都会
原谅他的笨拙，在生活面前，没有人
能游刃有余，悠闲自在，而他
至少没向我索取什么

我能有什么值得索取，甚至
我连这一身卡通衣服，也不曾有过
广场上高大的广告牌下，他走来走去

仿佛一个找不到家的孩子……华灯初上

一群人在跳广场舞，震耳的音乐声中

他脱下这身衣服，像脱下

另一个自己

# 拉小提琴的卖菜者

他不是拉给那些买菜的人听的，买菜的人来了
他要招呼他们，给他们称菜、递菜、收钱……他的手
被顾客、蔬菜、钱占着，他的心
也要跟着一起忙，在生活的紧要处，容不得
一把小提琴的优雅、闲适和虚无，除非
你把拉琴当作生活

他也不是拉给那些蔬菜听的，那些蔬菜
背井离乡，流离失所，内心还深藏着
水灵灵的忧伤，它们还不习惯这样一无所有地
站在城市的街头……对菜拉琴
并不能安抚它们那一颗慌乱的心

在生活的最低处，一个人和一把小提琴
相互诉说着衷肠，即使是沉默，那也是他们
内心深处发出的共鸣

# 愧疚

我欠姥姥家那只黑狗一次道歉，它
从小陪我一起长大，我走到哪儿，它
跟到哪儿，有一次，还把一块大骨头
叼给我，而我还常常骑在它身上，用手
抓它的耳朵，在它睡觉的时候欺负它……但它
从没有向我翻过脸发过火，在我的一生中
还没有，遇到过这样的一个人

我欠亲人们一声我爱你，爸爸妈妈，兄弟姐妹
舅舅姨姨，叔叔婶婶，我们曾在一个屋檐下
吃饭，睡觉，吵闹，小声或者大声地说着
天下大事，柴米油盐，但我从没有一次
对你们说过我爱你，也许是太亲了
不需要说，也许是太惯了忘了说……而等我
想说的时候，有些人已经听不见了

我欠生活一次感恩，这么多年了

不论我如何穷酸落魄，一文不值，生活
也没有把我遗弃，它总是耐心地
一次次教育着我，让我明白，即使整个世界
将我抛弃，生活也会将我收留

我欠梦想一次实现，我的意思是
梦想一旦实现了，就不是梦想了
而我，不可能有那么多的梦想
不能实现的梦想，有一个也就够了

我还有许多亏欠说不清楚，而这
说不清楚的亏欠，让我更加愧疚，比如
一辈子了，我依然欠你一场幸福
唉，此生将尽，说什么也没用了
就这样吧，大不了，我的心再碎一次

## 雨 后

不能说这雨有多大，也不能说这雨
有多小，反正一个人走久了，都会
被淋湿，即使没有雨，也会被
自己的汗水
打湿

而我在一棵大树下，看雨一遍遍浇灌着
这个世界：有时候，爱和恨
都使用着同一种方式，我和你
都是同一粒雨滴，只是我
从没敢展开翅膀飞翔

雨后的你湿嘟嘟的，雨后的草木
湿嘟嘟的，雨后的梦，也湿嘟嘟的，雨后的
每一扇门背后，都藏着闪电
和万里晴空……

天地一新，万物皆若初生，草木间
唯我一个旧人，迈着旧步，想着旧事，嘴里
念叨着一个旧的名字

## 鱼

不要对岸和岸上的人倾诉
要随时保持游动的姿势，必要的劳累
可以减轻心灵的痛苦，无论是自己
或是大海
要随时保持沉默，即使流泪
也要伪装成激动的海浪

唯有泪水可以保持大海的新鲜
而孤独和疼痛也在一遍遍翻新
一条鱼的细腻和光滑，是咸的，苦的
当它纵身一跃，仿佛一颗肉长的心
暂时逃离了生活，当它落下，又仿佛一不小心
打翻了大海

明明被泪水所困，你们却说
那是大海
和自由

# 胜 利

胜利是一个不适合于生活的词，面对生活
谁敢说自己是一个胜利者，谁又能
战胜一粒米，或者一棵白菜

胜利似乎是从战争脱颖而出的一个词，但那种
以死亡做要挟的胜利，并不能赢得心灵的荣耀
和灵魂的平静，真正的胜利者
不是一头老虎，而是一只蚂蚁，它靠辛劳
赢得了时光的尊敬

但生活中也并非没有胜利，最常听到的
胜利是一个人的名字，而那个人，据我所知
并不是一个胜利者，所以，胜利
的确包含着它不曾胜利的部分

## 为父母落葬

父亲去世十年，母亲去世一年
我为你们买下这仅有一平方米的墓地
真是惭愧啊，这么小的地方，不知道
够不够你们住

仔细地用红布包好，我把你们
小心翼翼地放回泥土里面
没有比泥土更牢靠更温暖的房子了
寒冬就要来临，愿你们
放下人世间的争吵，手拉手
度过以后更加漫长的日子

两个辛劳了一世的卑微的灵魂
团结成了一个小小的天堂
而我，还要孤独地返回人间
面带微笑，假装你们一直在我身边
逢年过节的时候，就去看看你们

带上酒、水果和鲜花

有家可回的人是多么幸福啊
我会在大地上躺一会儿，就像
躺在你们的怀抱

只是，大地太过辽阔，一点儿
也不像家的样子，风吹过
就真的有些凉

## 我的悲伤也不过如此

多少座大海才能凝成一滴眼泪
多少滴眼泪才能凝成一种悲伤
多少种悲伤才能凝成一缕喜悦
多少缕喜悦才能凝成
一只飞蛾扑向火焰的决绝

而我由飞蛾和火焰组成
我是咸的，但我无法把泪水交还给大海
我无法把自己交还给另一个自己

我的悲伤也不过如此
它只比这个世界多一双翅膀
它只比悲伤多一道闪电

## 炉 火

同学们还没有来，教室里空荡荡的，他
蹲在黑黑的炉子前，作为值日生，他要在
同学们到来之前，点旺炉火，烧热教室……

他熟练地在炉子里，依次放上
树叶、树枝、煤块，并且习惯性地
拍了拍炉盖，像是在拍
一个多年的好朋友

点着火的那一刻，炉子砰的一声，然后
像一个发动机，轰隆隆地响了起来，一股
浓浓的烟雾涌出来，他一边咳嗽，一边
使劲压抑着眼里，亮晶晶的泪水

## 冬天的河流

在冬天，河流放慢了脚步
仿佛两岸的寒风和荒凉，让他
起了思乡之情

但覆水难收，即使是一条大河
也再难回头：不是不想回头
是那些泥沙、浪花和堤岸不允许回头

寒冷，逼出了一条河流深藏的骨头
我知道，一条勇往直前的大河
其实有着太多的劳累与疼痛

作为一个真正喜欢河流的人，我所能做的
就是陪一条大河，在这冬日的暮霭中
静静地走一走，仿佛陪着自己前世的兄弟

都说，河往低处流，人往高处走

而我，愿意陪着一条河向低处走去
低处有辽阔的大海和细小的灯火

多年以后的一个黄昏，当我艰难地向六楼的家爬去
一条大河的骨头，在我的身体里
突然嘎巴嘎巴地响起

这么多年，世事变幻，生死无常，多少人和事
都随风而去，唯有一条大河，始终
没有将我放弃

# 出世

他沉默，他无法说清
他要去的地方，姑且把它叫作
故乡，或者永恒吧

他闭上眼，他看见
一盏灯，提着夜色
走了

他也要动身了，他要在
那一处说不清的地方隐居，他
再也不回来了——

我只留下疼痛，替我
守着人间

## 刻在墓碑上的话

这是我活着时写下的，在我死后
刻在我墓碑上的话，不想给亲人们
增添麻烦，不想给刻字的人
增加负担，不想让一块石头太过疼痛……所以
我会尽量简洁，明了，在这个
凉意渐浓的秋日，写下这些
果实般安静的话——

多么幸运，我正好走过了我的一生
用一些诗句，和我全部的爱

会有几只蚂蚁爬上我的墓碑，走过这些文字
就像是，重温了我的一生，重温了
一块石头刻骨的疼痛

# 奔 跑

他从没有停下过奔跑，他不敢

因为一颗心从没停下过热爱
因为一滴血从没停下过鲜红
因为一缕风从没停下过飞扬
因为一条道路从没停下过远方
因为一条河流从没停下过汹涌
因为一个人从没停下过走向另一个人的脚步

因而他必须是梦想，是心跳，是云涌，是
发动机，是一滴水无尽地开放，是一个人
在这世上的另一个身影

因而他必须一直奔跑，一直把自己
当作另一个人，他必须随时甩掉
那个死去的自己

因而他永远是新的，他永远是

第一次，他永远在燃烧，他是他自己的

灰烬，和日出

## 时间是我生命中的一个卧底

时间是我生命中的一个卧底，从我出生时
它就潜藏在我的身体里，无声，无形，无情

有时候，它会以白发或者皱纹的形式显现一下
更多的时候，它以心跳的形象隐藏自己

但不能把心跳说成是时间，就像
不能把心脏病，说成是时间病了

对于我，时间不是一个秘密，而是
命运——

我相信，作为一个优秀的卧底，时间
不到万不得已的时候，是不会将我交出去的

我是时间唯一的敌人，也是时间
唯一的知音

我一直想问的是：当我离开的那一天，时间

将如何从我的生命中脱身，又将在哪一个人身上复活

## 黄昏时，我独自穿过这大雪纷飞的旷野

总得有人，在这黄昏时分，独自穿过
这大雪纷飞的旷野：群山在远处不语，一些雪
提前抵达那里，因为无人，那些雪
得以洁身自好，善始善终

雪落无边，雪落在无边的旷野上，一棵
瘦骨嶙峋的树，是这人间
一个满头白发的老父亲，无论你朝哪个方向走
他都会颤巍巍地目送着你……而我孤独的脚印
让一座旷野，辽阔得有些跌跌撞撞

因为一个人的坚持，雪落到哪里，哪里
就闪烁着人间的光芒……大雪纷飞，万物
神圣而又简单，且美得彻骨……唯有那个
在雪中移动的黑点，正替人间
背负着不朽的苦

## 菜地里的玫瑰

楼下有一块没有硬化的空地，人们在上面
种了许多蔬菜：大葱、黄瓜、茄子、柿子、豆角……
一棵玫瑰，孤零零地站在一片蔬菜们中间
蔬菜们开花，它也开花
蔬菜们结果，它也结果
蔬菜们被人捧回家，而玫瑰
依然在外面孤零零地站着……这多么像我的一生
天真，固执，无用，找不到生活的重点
芬芳落尽，露出冷冷的骨头

# 端 午

解决悲愤的方法很多
可以用酒、用哭泣、用时间……
而一个诗人
用了一条大江

我们用粽子来纪念他
我们尝出的悲愤的滋味
不是甜的，就是咸的
至于原味的悲愤
几乎已经绝迹

# 一个母亲面对青春期的女儿

她默默看着面前这个十八岁的女孩
她看着，她
号哭
咒骂
随便拿起身边的东西
摔过来

一个母亲，自始至终没有说一句话
她默默地看着这个十八年前
从她身上
掉下的亲骨肉

因为疼痛，她不敢让自己破碎

## 树与钉子

面对一枚钉子，一棵树
怎么痛也得忍着

先是拒绝、挣扎、咬紧牙关，然后是
沉默、妥协、半推半就，最后融为一体

一枚钉子终于成为一棵树的一部分
一棵树终于承认了现实

它们小心翼翼地呵护着共同的部分
——那生锈的生活

# 一个醉酒的人（一）

顾不了那么多了
跟谁喝的，怎么喝的，喝了多少
一个喝醉酒的人，结结巴巴地嚷嚷着——
我要回家、我要回家……

深一脚，浅一脚，仿佛这世界
到处都是陷阱，踉踉跄跄，跌跌撞撞，一个人
把平坦的大路，走成了坎坷的命运
让一个人的青春，预习了他的暮年
让一个人的生，练习了他的死

明明人来车往，熙熙攘攘，但在他眼里
满目荒凉，空无一人，一个醉酒的人终于可以
肆无忌惮地疼、痛、大笑和哭泣，身体
瞬间脱胎成了一个幸福的废墟……
像一个饥饿的婴儿，他把人间万物当做了母亲的奶头
此刻，他唯一能做的就是抱紧自己，将无数道路

合并成一条——

是不是只有醉了，心

才可以扶着身体

回家

## 一个醉酒的人（二）

他喝醉了，他摇摇晃晃地
走着，脚步死沉死沉的，不听使唤
仿佛他不是独自一人走着，而是
扛着巨大的黑夜挪动着脚步……黑夜
太巨大了，像生活，让他
力不从心……他猛地甩了一下手，像是
要把黑夜，从左肩换到右肩……他的确
扛得有点吃力，仿佛黑夜是一件
硕大、笨拙而又古老的
货真价实的实木家具

## 一个醉酒的人（三）

我醉过的城市只有两个——
有你的城市和没有你的城市
我醉的原因也只有两个——
你在我身边和你不在我身边
但我醉的结果只有一个——
我倒下，并成为
这世界破碎的一部分

# 纪 念

永无止境，这看似简单的生活，消耗了
一代又一代人的生命……从就诊室出来
我拿着化验单，对自己五十岁的身体
有了懵懂初开的了解——
高血脂、高血糖、高血压……

怎么可能，一个好端端的身体
转瞬就百病穿身，仿佛有人
把一个废弃了的身体加在了我的身体上，仿佛
那么多年兢兢业业一丝不苟的生活，就是为了
成就今天的疾病

仿佛啊，那些抽象的数字，就是对我五十年
具体生活的纪念，仿佛，生活到了最后
就成了一种病，仿佛，病
才是生活的重心和意义

## 一只鸟从天空飞过

一只鸟从天空飞过，仿佛一声叹息
从某个人的胸膛上划过，又仿佛
一枚黑瘦的钉子，将天空
钉在天空上

真是难以置信，一只鸟，用翅膀
安顿好天空，天空用无边的蓝
安顿好我的目光，我用突然奔涌的泪水
安顿好这人间的忧伤、幸福
和孤单的你

一只鸟从天空飞过，之后好长一段时间
天空，都没有回过神来

## 泉 水

真正的赤子，不改初心，素面
朝天，也朝人和万物……这泉水
挣脱泥土、石头、黑暗和自己的束缚，日夜
流淌，仿佛可以率领大地，走向
清澈和柔软

这泉水仿若预言，而我们只是畅饮
却非顿悟：无数次之后，仍然是
第一次，它带走一切，却又像
什么也没带走，这人间，万物
还有更长的路
要走

一滴水抱着另一滴水，这泉水
用流逝回答了万物的质疑和赞美
它流逝如同新生，这大地的伤口
永不停歇，我们的疼痛

永不停歇……我们畅饮泉水，犹如

畅饮漂白的黑暗

## 祝 福

假如我穷困潦倒，我还能祝福
假如我疾病缠身，我还能祝福
假如梦想不能实现，我还能祝福

假如有人用言辞侮辱了我，我还能祝福
假如有人给我伤口撒上盐，我还能祝福
假如有人给了我灵魂致命的一击，我还能祝福

假如我独自一人跋涉在暗夜，我还能祝福
假如暴风雨摧毁了我，我还能祝福
假如你背叛了我，我还能祝福……

假如，假如这一切，我都能做到
我就会
得到自己的祝福

# 雪落在墓碑上

去墓园的途中，下起了雪，仿佛上天
也要陪我悲伤，仿佛悲伤
只有凝固了，才会显示出它应有的分量

人们愿意在这人间，划出一小片天堂
而一场大雪，抹平了它们的界线，一只松鼠
悄悄地打通了生和死之间那条秘密的通道

人们在雪地里前行，脚步愈加小心，如果
有人突然咳嗽了一声，无数的雪
就会投来不安的眼神，像期待亲人的灵魂

雪落在墓碑上，就像落在
灯火摇曳的屋顶上，但住在里面的人
一直没有出声

他们有足够的耐心成为永恒的一部分

并为我们这些活着的人，默默地

一直坚持着什么

# 虚构的自己

这么多年，我一直在虚构另一个自己
用文字，我虚构一个带木字旁的自己，比如梅
或许有一天，木质的我会开出你喜欢的花来
用鸟儿，我虚构一个蔚蓝的自己
如果我蓝得不够深刻，你可以
挥动一双翅膀的疼痛，来成全我
用一条鱼，我虚构一个波涛汹涌的自己
江，河，湖，海，不论哪一种浩荡
都是我爱你的方式
用一粒泥土，我虚构一个幅员辽阔、地大物博的自己
这样，你无论走到哪儿
都是走到了我的心上
用黑夜，我虚构一个萤火虫般亮闪闪的自己
你愿意的话，我们就可以
一直活在童话里
我还用一个故事，虚构了一个锋利的自己
我可以为你两肋插刀，却无法

扫尽世间所有的不平
最后，我用你，虚构了一个爱你的人
我让他山高水长、千里迢迢也要找到你
你不现身，他就一直走在路上

我唯一的担忧是，无论我怎样努力
我都无法让那个虚构的自己
返回自己，就如同
我虚构了故乡，却最终被自己骄傲成了远方

# 山中听雨

以为是在梦中，一阵滴滴答答的雨声
将我唤醒，那是细小的雨滴打在
树上、草上、屋顶上和我心上的声音

窗外，山中的夜黑得有些意外，只有雨滴
睁着亮晶晶的眼睛，顽皮地探进头来
凉凉的目光，散发着草木的气息

山中无所有，只有一夜的雨
润物有声，润我的梦
有辽远之境

索性侧耳，索性与那些雨声融为一体
索性将我的梦摊在床上，将我
置于无边的倾听之中

那些雨声，有一些

是我走散了的心跳，而另外的一些

像极了我去世多年的母亲的叮咛

# 骑木马的老人

在干净、宽敞、漂亮的商场休息区，一个老人
坐在一匹粉红色的木马上，旁边
几个年幼的孩子，坐在另外几匹木马上，他们
欢快的笑声，仿佛发自一个老人的胸膛

一个老人微闭着双眼，轻轻晃动着木马，他
深陷于一匹木马的粉红、稚嫩和天真，他就要
追上他摇摇晃晃的童年，他的脸上
显现出一个孩子才有的神秘微笑

一匹崭新的木马，抵消了一个老人的
白发、皱纹和日渐衰落的腿脚
一匹粉红色的木马，在我的目光里
不动声色地奔跑着，背上的老人
仿佛是它怎么甩也甩不掉的某种命运

# 道，或者路

1

抬起脚，道路诞生

道路也是血肉做的，也会疼，也会痛
所以你的脚步要轻些，一条被骨头
惊醒的道路，会独自走向远方

但一条道路不通向任何目的地，一条道路
只能通向另一条道路……一条真正的道路
是没有家的，像某些人的命运

一条恋家的道路，不是一条好道路

2

你是你自己最好的道路
当一个人离去，那只是他
走完了自己

一个人说他无路可走，那只是他
无法走出自己

一个人不可能走尽世上所有的道路
他只能走过他自己
而那么多的人走过后，一条道路
被磨得锋利无比，薄如一生

没有一条道路是属于一个人的
无数人走过后，路
就熬成了
道

——是的，把道从路中分离出来
不是一件容易的事，这如同
把命，从命运中分离出来

3
所有的道路都不会被浪费，总会有
一个人，或者一只蚂蚁、一阵风
将一条道路珍藏

一条道路设下陷阱、鲜花和暴风雨
一条道路考验着自己，也考验着
道路上的行人：与其和无数人
平淡无奇地擦肩而过，不如
让一个人刻骨铭心的破碎

是的，与无数人的擦肩而过，成就了
一个人的刻骨铭心……那通向你的道路
最幽深，最莫测，且永无尽头

那永远在路上的人，随身携带风雨
那永远在路上的人，紧咬着牙关

4

无数次踏上道路，依然是第一次
无数次跌倒，依然是第一次
无数次落叶缤纷，依然是第一次
无数次告别，依然是第一次——

道路尽头，一个老人颤巍巍地挪动着脚步

他吃力的样子，仿佛是在把一条道路
艰难地搬向远方

5
一双手划着桨，让船成为流水的道路
一只鸟扇动着翅膀，让飞翔成为天空的道路
一个人安然入睡，让梦成为黑夜的道路
一张漆黑的脸，让矿洞成为地心的道路
一朵花散发着馨香，让开放成为春天的道路
一个牧人打马奔驰，让辽阔成为草原的道路……

这么多的道路，我独爱那一条
赤脚走过的道路，因为
没有脚领着，道路会迷路
没有血肉的加冕，一条道路
就会显得轻浮

6
从没有一条道路，可以让人走到黑
就算是时光，也无法阻止你明亮的目光
一条道路是对一双脚的最好解释，或者说

一双脚是对一条道路的最好说明

现在的情况是
世上本有路，走的人多了
便没了路

一条道路的忍耐是有限的，当一条道路
被逼成绝路，它就只能是
死路一条：一条道路不是过不了坎，它只是
伤透了心

7
我可以用文字跑得更远

每一条道路都是孤独的，像锋利的刀刃
永远在路上的意思是——
吃饭、喝水、睡觉、发呆、工作……所有这些
都是朝向你的奔波

亲爱的，没有最好的道路，只有
最坎坷的思，最疼痛的念，以及一往无前的

勇气

8

那个提灯上路的人，照亮道路和行人
却从没把自己照亮，他黑乎乎的样子
像一个隐喻

走过无数的道路以后，我终于明白
所有的道路，都是同一条道路
走在道路上的人，都是同一个人
同一个人，在同一条道路上，将命运
搬来搬去，而命运
从没有对我们露出过真面目

9

没有什么可说的了
那么，请吧——

有一条道路，埋伏得太久了

# 第三辑　风吹过你时，是蓝色的

……如果生活

还不能尽如你意，那一定是我

还没有将你爱得彻底

# 银手镯

你深爱着这一只手镯，纯银的手镯，它曾是
母亲的一部分，现在，戴在你的手腕上
一段寂静的时光，需要一个继承者

一只纯银的手镯，部分的母亲，完整的女儿
她们三而合一，组成一个幸福的景象
而那上面简单的图案，暗合了此刻的气氛

你伸出手，一只银手镯先于你
抵达了万物——
哦，那温暖的光芒……

我是说，你爱过的事物和你没有爱过的事物
它们发出的光芒，是不一样的
——我想起，我也是你深爱过的

## 生日礼物

你寄来一支钢笔，附带的，你还寄来
一瓶墨水，你安抚过的空气，没有拆封的
秘密，你反复修正过的月光，你身体里
散发出的馨香……这么多的礼物，我需要
仔细清点，用一生的时间，来慢慢安放

这样的生日礼物，的确已不多见，于我，一生
也只有一次，这就像一个错别字，一旦写下
就无法更改……更何况，我得小心，不要划破
一张纸的温暖……一页受伤的纸
会让整个生活疼痛

一定是在某个黄昏，最好有雨落下，我坐在
一盏暗淡的灯下，铺开整个夜晚，我为你写下
这个时代少见的景象：纯手工的爱情，笨拙的思念，白纸黑字的
素朴的日子……而最后，无论我写下什么，写下的
都是你说过的和你将要对我说的——

亲爱的，见字如面……

# 陨 石

你是我飞翔的唯一的理由……
当我到达，我宁静如
一次永久的喘息，只剩下
这一颗，爱你的铁了的心

那些无边的黑暗、迷茫和火焰，此刻
都成了爱情，必不可少的见证
奇迹，永远诞生在最疼最痛的时刻
没有人相信，我曾是一颗爱你的星球

请原谅我吧，因为爱你，我动用了
整个宇宙……或许，用不了多久
我还会动用生死，犹如幸福
动用了痛苦

## 恍 惚

一想起你，我就神情恍惚，仿佛
你从不曾存在过，而我
也只是你漫不经心的一场虚构
就像这个傍晚，我坐在空荡荡的屋子里
夕光翻窗而入，散漫而又羞涩地
站在我的周围……这场景，真实得
如此虚幻，让我理解了
那一个晚上，你低下头时
闪烁不定的面容

一想起你，我就成了一间空荡荡的屋子
亲爱的，我从没有过，这废墟一般的幸福
空空的，却又万分满足……夕光梦一样
涌进来，抱住我时，和你一样
温暖而又明亮

# 蜜蜂琥珀

不知道是幸运还是不幸，一瞬间
我就永恒成了永远：最深的爱
找到了最深的孤独

那句没来得及说出的话，我可以
在这漫长的黑暗里慢慢说，那种
没来得及体验的疼，我可以
在这漫长的黑暗中慢慢地体验……黑暗
是一味珍贵的药，值得我放心使用
当我再一次朝你张开翅膀，命运
用千万年的时光，证明了一个人
最初的怦然心动

亲爱的，我从没有停下过对你的思念
在离你心口最近的地方，我一直
保持着爱你的姿势：一滴寂静里
你认出我，如泪水
认出大海

## 致 谢

致谢我刚吃过的一只苹果，让我一开口
就感觉到生活的甜
致谢一枝含苞的玫瑰，让我惊艳于
这尘世的美
致谢陪伴过我的一只小猫，它曾那么柔软地
躺在这个坚硬的世界上
致谢夜晚准时降临，让遥远的星星
重新返回人间
致谢我从未见过的先人，他们在暗中
像父亲母亲一样，一直护佑着我
致谢躺在我身边的亲爱的人，让我一睁眼
就能看见这个世界，温柔的脸庞

# 好消息

散步的时候，我常常胡思乱想，想这
天下的路，何时才能走完，想这
匆匆的人流，最后都到了哪里，想这
我一走再走的路，从来没有
厌弃过我……我想，大概一条路
走熟了，就成了朋友

有时候，我也会跑几步，似乎是想
试一试一条路的脾气，也似乎是想
试一试我跑多快，才能够
跑出自己……但我总是在快成功的时候
就停下了脚步，无论如何
我不能丢下自己，这不道德

记得有一次，与你在公园散步，一只喜鹊
突然飞在我们面前，喳喳地叫了几声，然后
就飞走了……你知道的，它带给我们的好消息
这么多年了，我一直带在身上

## 我想和你一起去流浪

我想和你一起去流浪，从哪儿出发，要去
什么地方，这都无所谓了，我只想
拉着你的手，在这珍贵的地球上
自由自在地，走一走，看一看

走到哪儿算哪儿吧，一切随遇而安
遇上风，就听听风声，允许它们
把我对你说过的话，再说一遍……
遇上雨，我就为你举起伞，让雨水
把这人间的泪水再汹涌一次……
遇上一个人，我们就祝愿他
像我们一样幸福……
遇上一只流浪狗，我们就把手中的干粮
递给它，如果它想跟着我们，那我们
就结伴而行，一起流浪……

可以在路上哭，也可以在路上笑，可以

在路上静静地发呆，也可以光着脚丫
在路上尽情奔跑……当然，如果我们
厌倦了流浪，我们就停下脚步，找一处
向阳的山坡住下来，烧水，做饭，把故乡
安放在刚刚建好的家里，把爱情
安放在梦的旁边……睡觉的时候，我们笑着
说起有一次，我们饿着肚子，把一碗饭
推来推去，谁也没舍得吃……亲爱的人啊
我们一无所有，只能，倾命相爱

## 羞 涩

那天清晨，我们去散步，太阳在我们身后
揉着惺忪的眼睛，草树们
默默地看着我们，有几个，举着鲜嫩的花朵

夜里下过一场小雨，空气新鲜得像少女的呼吸
你走走跑跑，跑跑走走，仿佛一只
快乐的小动物：一只小松鼠

仿佛你还是青春勃发的身子，仿佛你一下子
就可以把我甩在人生的暮色中，让我
手足无措：前不见你，后也不见你

回来的路上，阳光打在你的脸上，睫毛上
亮闪闪的，像一个新娘……我伸手拉你的手
你先是躲闪了一下，但随后，把手伸了过来

## 从山中返回

黄昏时，我们从山谷中原路返回，仿佛
我们将已经过完的生活，又倒着
过了一遍，仿佛
我们可以从结尾开始：一个吻
正在返回你的嘴唇，日落
正在返回日出，而我们
也有足够的时间去忘记对方，以便
再一次相逢

我们有意忽略了那些树木、石头和鸟鸣……
在我们开始的地方，我们又一次
坐下来，我们等待着那一刻的到来
我们正在确认对方，我们沉浸在
各自的心跳中，世界
掏出了它的第一次……

这一切，都笼罩在金色的光芒中
而我们的面容，也庄严了许多

## 忧 伤

无端的就这么突然想起，想起
有一天我也会离开你，我的心
便充满了忧伤，亲爱的，我不知道
我真的不知道，一个人死后，还能不能
爱一个人，该怎样爱，是用
无边的黑暗，还是用亮晶晶的星星，抑或是用
一堆化成了泥土的骨头……而这样的爱
还有没有意义，你是否还会相信
一个不存在的人，他依然会为你
放好水杯，掖好被子，关掉灯光

昨天夜里，在离你千里之外的中原大地上
我独自醒来，而你不在我的身边
我在黑暗中黑黑地想你，想着想着
我就成了黑暗的一部分，似乎
我又一次预习了
死后爱你的样子

亲爱的，唯有爱

可以贯通生死，唯有你和忧伤

可以让黑暗发出光来

## 一生所爱

在北方，最常见的就是大风，一个人
是被大风吹着长大的，一个没有被大风
记住的人，是一个没有发言权的人，你看
那个逆行走进大风的人，像一个钉子
把大风，牢牢地钉在旷野上……

冬日的午夜，炉中的火依然红着，炉盘上
几粒花生米悄悄爆开，一壶酒
温得恰到好处，一个人放下手中的书
侧着耳朵，他似乎听到了什么，推开门
一场夜雪下得正欢，地上
已是厚厚的一层……大野辽阔，一个人
走在洁白的雪地上，像一个汉字
跋涉在永无尽头的纸上……

接下来，你就从我的一首诗中上场了，你
低头，微笑，把一生的梦递过来，而我

接住的，却是一滴忧伤的眼泪，一行
永远无法完成的诗句……当我放下手中的笔
你回过天空一样幽深的脸庞，当我说出我爱你
你就用一场浩大的春风，回应了我……

一生所爱，唯大风、夜雪和你，他们
都是让我心疼的事物，而我不知道
大风和夜雪，都是你爱我的样子

# 小日子，或生日诗

一想到今天是你的生日，我就想到那个
生你的人，我凭什么，比一个用命生你的母亲
还要爱你更深、更长久……我只能说
我爱你的时候，也是疼的

人生至此，还有什么是不可以舍弃的
人间浩大，我只愿过这两个人的小日子
烟熏火燎，油盐酱醋，洁净的桌布上
白菜和豆腐，替我们守着这
安静的小时光，素朴而又悠长……

可以举杯，但祝福就忍着吧，像小时候
我们忍着手心里，小小的甜

# 日 出

太阳升起，我们就会来到人间
当我的手轻轻握住你的手
晨光照耀下的世界仿佛初恋
万物仿佛刚刚接受了初吻
香甜而又虚幻

这是多么美好的事情，没有什么
可以阻挡一颗爱你的心
如果不能从葱郁的花园升起，那就从
钢筋水泥的森林间突围

当你把头轻轻靠在我的肩上，朝阳
也恰好停在了一座建筑的尖顶上，仿佛苍天
也在烤着人间的炉火，温暖而又庸常

太阳升起，我们就会来到人间
这是多么美妙的时刻，我每天都可以

暖暖地，辉煌灿烂地，爱你一次

而我们收拢翅膀，也可以在人间飞翔

## 闪电，或者缠绵

可以把我抱得更紧些吗？就像
抱着一柄闪电，我的幸福
明亮而又尖锐，我的震颤
是一场海啸

或许我还可以再辽阔一些、肥沃一些、忧伤一些
像天空，像大地，像风
一直铺展着自己，一直激励着自己，一直
在你身上寻找着自己

爱，从来就不是一个秘密
一个吻说出的，要比全世界都多
一柄闪电的缠绵，美过天长地久
一声我爱，就是天堂

红尘无数，我们是最慌乱的那一个
爱情无数，我们是最笨的那一种

亲爱的人啊，你只需好好地抱紧我

剩下的，就交给时间

# 看电影《海上钢琴师》

大海永远停在那里，而大地
一直在漂泊……在这里，漂泊的命运
是蔚蓝色的，并且得到了辽阔的安慰

爱情，不是那些音符，爱情是音符背后
那一双孤独的手：它的跳跃
是大海一次次敲打着自己的胸膛

屏幕熄灭，我握着你的手，把大海
亲手交到你的手上……大海和爱情
都需要一个传人

# 写给你的新年祝辞

我将收拾好黑夜里的星光
我将像大雪般安眠
我将梦见你微凉的脸庞
我将熄灭最后一个灯盏
把自己归于久远的黑暗
仿佛从没有在这世上生活

我愿新年的第一缕阳光将你照耀
想起你，也曾那样第一次照耀着我
我将再一次诞生，仿佛
再细微的光芒，也不会被寒冷冻住

是的，我将再一次诞生
这一次，我不给你全世界
而只把我自己奉上

# 拥 抱

或许我有些着急了，心还没有安顿好，身体
就已经跑了过去……是不是，有时候
身体比心灵，觉悟得更快

拥抱你之前，我还是个孩子
拥抱你之后，我成了一个男人
仿佛几十年之后，才忽然明白
爱，只是这轻轻地一拥
深爱，只是将你额前的一缕白发
小心地捋到耳后

如果灯光可以再暗一些
如果你不把我轻轻推开
如果我可以就那么抱着你
走到时间的尽头

哦，亲爱的，如果我说出：我爱你

那也只是成全了

我们的苍茫与寂寥

## 写给十八岁时的你

那时候，太阳是你的正面，月亮
是你的背影，那时候
花模仿着你的微笑开放，鸟儿
学着你跳跃的样子飞翔，那时候
你的左眼叫星星，右眼叫露珠
因为你，天蓝得没有了底线，闪电
乱了方寸，一场细雨绝版成了世间
最荡气回肠的一声唏嘘
如果非得用一个词来形容你，那就只能用——
永远

那时候，我还不知道你会老
你静静地坐在窗边，美得
让全世界都屏住了呼吸，时光
也蹑手蹑脚地，变成了一只
缩头弓背的猫——
有谁知道，春天是从我们的第一次怦然心动

开始的

如今我目光迟钝、两鬓斑白，不敢相信

几十年过去了，几百年过去了，几千年过去了

你依然是爱情

最初的样子

## 珍 惜

你的身体，是一个不朽的源泉
这个世界，从你开始
你一边开放，一边凋零
你忍不住的时候，就诞生了爱

有过一次阳光普照的时刻
有过一次大雪纷飞的时刻
有过一次蔚蓝辽阔的时刻
有过一次咬破舌尖的时刻

当月亮，修正了太阳
当疼，完美了痛
当你，苍凉了我的一生……
我珍惜，是因为我们终将消逝

## 风吹过你时，是蓝色的

你站在那里时，风正好吹过——

风吹过楼群时，是呜呜的，仿佛
它受了天大的委屈，它的喉咙走风漏气
丝丝缕缕的，像一团破麻布

风吹过树梢时，是有一些迟疑的，它确定不了
那些树枝是不是旧年的，是不是
它认识的……但它随后颤巍巍的动作，像是
一个游子，终于认出了故乡

风吹过你时，是蓝色的，蓝得
像一个手足无措的初吻，而青出于蓝
胜于蓝的，总是后发制人的生活……当你动身
风就跟在你身后，凌乱的样子，像一场
无法收拾的梦

## 在你的故乡想你

你坐在门前的台阶上，你的脸庞
清澈而又干净，你静静地看着
面前走过的这个男人，你不知道
几十年后，他将成为你
骨头里的暖
和疼

天空蓝得像是真正的童年
一片杨树叶，怯怯地
落在你的羊角辫上，然后
又落在地上——
为什么在我历经沧桑之后
你才来找我

亲爱的人啊，这地方太辽阔了
用尽我们的一生，也不可能爱完
静静地，就让我在你的故乡想你一会儿吧，这样
我的想，就有了炊烟和家的味道

## 空置的茶台

风吹过来的时候，一杯茶
还没有准备好涟漪，它被一片叶子纠缠
暂时还脱不开身

所以风吹着我，它觉得我是另一杯茶
它要把我吹凉，吹成
一个人身体里波涛汹涌的思念

我是命运可以忽略不计的那一部分，总有一天
岁月会把我撤走，而泥土做的壶、杯子
树上长出的叶子，山间流淌的泉水，它们
会一直在人间替我活着——

就让我的茶台空置吧
不要理会那些尘埃
不必挽留那些匆匆的脚步
除了你和时光，万物都不值得细品

## 失 眠

失眠也是有好处的，比如，你可以听到
黑夜深处发出的一两声异响，你辗转难眠，黑夜
也对你有所表达，无数往事在你眼前闪过，身体
仿佛一个被掏空的粮仓，虚弱而又满足，你终于
可以肆无忌惮地想起那个人，你黑魆魆地站在窗前，你看到
天空的湖泊上，一朵叫月亮的莲花
静静地开放——

灵魂想一个人的时候，身体也充满渴望，散发出
经久不息的光芒，想一个人
就是从一块木头里，逼出火焰
失眠有多深，想一个人就有多疼，黎明
就有多辉煌……

## 骗 子

他准备了刷子、长竿和大桶，他说
他要给天空刷上蓝油漆，这样，你的眼睛里
就永远是晴空万里

他偷偷给生活加上了糖和蜜，这样，不论你
碰到多么苦的生活，最后汹涌到你心里的
都是甜的

他说他会伪装成一盏灯，天黑的时候
就会悄悄站在你的身旁，这样，再黑的夜
你也不会害怕

他说他从没有爱过你，并一再说服自己
这是真的，他说你会找到一个比他更好的人
他相信自己祝福你们的时候，心
不会疼，也不会碎

他说时光虚构了一切，而他

虚构了一个骗子

## 站在异乡的街头想你

那天傍晚，我站在一个陌生的城市，给你
打电话，我说，我在异乡的街头，突然
想你了……说完，我捂着脸，在异乡的街头
号啕大哭，任来来往往的人们，诧异地
看着一个中年男人甩着滂沱的泪水，不知所措地
走过……仿佛思念不经过跋山涉水、背井离乡
就疼不成一场暴雨，仿佛你不离开我
就成全不了我们的爱情

亲爱的人啊，你是否知道，在异乡想一个人
和在故乡想一个人，是不一样的，它们中间
隔着一场决绝：当我扶着一盏异乡的灯火
想你时，你在我的身体里，慢慢地
安静成了，我久违的故乡

# 科尔沁的月亮

远处的山峦起伏如一只黑兽
它将要安歇还未曾安歇，它的呼吸
与远处闪烁的灯光如出一辙：凉，断断续续
脚边的草小心翼翼地拥向它，它们
前赴后继的样子
如你我义无反顾地扑向
生活的深处

而月亮，静静地悬在科尔沁草原的上空
如一枚古老的银币
我伸出手，将它反复擦拭，你知道的，那银币——
一面是你
一面是我
我们洁净得
像是没有食过人间烟火

## 相濡以沫

我们越来越像一对上了年纪的人了，常常
坐在一起，好长时间
也不说一句话

似乎已没有什么可说的了
似乎再说一句，就已经是多余的了，是
画蛇添足

常常，就那么默默地坐着，让时光
像一个走累了的旅人，在我们中间
轻轻坐下，歇歇脚，喘口气

让一壶水慢慢地开着，让一杯茶
静静地凉着，那些飞舞的尘埃，就让它们
那么随意地飞舞着……

偶尔抬起头，目光也不再相碰，只露出

两粒淡淡的微笑，仿佛

爱情原本就是沉默的，像大地

## 给你写一首诗吧

按说，我们结婚二十多年了，已经不需要
用诗歌来点缀我们的爱情了，更何况，爱情
一经说出，就不是爱情了，就像是艺术品
一标了价钱，就会让人怀疑它的价值

可我还是要为你写一首诗，这是我比较拿手的
一些字、词、句子，带着我的体温和心跳
慢慢抵达你，我是说，也许
文字也是一种抵达爱情的道路，仿佛肉体与金钱

但我能写出什么呢？
我能写出什么样的爱情呢？
天下的爱情都一样，古今也一样，不同的
是人：多么幸运，爱情刚好经历了我们

## 爱情问题

对于妻子，我真是有愧的，年轻时
许下的诺言，除了一颗爱她的心，其他的
几乎没有兑现

一个人怎么能够说话不算数呢，更何况
是对自己最亲爱的人，所以，我一直
怀着一颗愧疚的心在这世上奔波

亲爱的人啊，我愧对你的信任，愧对你的爱
一个说话不算数的人，怎么配
心安理得地活在这个世上

这个隐痛让我一直心怀恍惚，仿佛
一个患了忧郁症的人，在生与死之间犹疑不定
直到有一天，你说，富贵在天，生死有命，你说——

没有缺陷的爱情，不像是爱情

没有我们居住的人间，不像是人间

还诗人呢，这都不明白

# 瓷婚记

今天是我们的瓷婚纪念日，也就是说
我们结婚已经二十年了，二十年的时光
对于一个人，真是不算短了……

但我们的爱情
可以追溯得更久——
那些火与水、泥土与种子、天空与大地……

今天，让我像第一次那样
将你紧紧地拥抱，亲爱的，二十年了
我的心一直为你保持着最初的怦然

二十年了，你眼角的鱼尾纹
越来越明显了，我的头上
也有了越来越多的白发

可这有什么关系呢，看看我们

天使般的女儿，你就知道
我们的爱情，有多美

二十年了……
柴，米，油，盐……
烟熏，火燎……

多么好的比喻啊，瓷婚——
亲爱的，我们有幸延续了古老大地
不朽的美

## 捉迷藏

忽然想起小时候，我们在院子里
捉迷藏，你躲在
一扇门的后面，你高声说——
开始

我开始寻找，有时候能找到你，有时候
找不到你……找不到你时，你就会
自己站出来，说——
我在这呢，然后大笑

你笑得那么好看，那么快乐，似乎
会那么一直笑下去……可生活
不可能一直是笑声，你和我
也不可能一直那么无忧无虑

多少年了，我读书、写作、散步……你
洗衣、做饭、带孩子……早已忘了

那简单的游戏——

我们长大了，已无处可躲

## 写给八岁的你

不能用那个古老的比喻，你不是青梅，我也不是
那匹竹马：我们是两个土孩子，被时间的水
黏合在了一起

但还是能分清你我，分清爸爸、妈妈和孩子
如此认真，我们画地为家，一次次
预演着幸福，用草棍、破瓦和碎砖头

也许这就是宿命，一个人与另一个人，一棵草
与另一棵草……在风中，在漫漫时光中
继续着那个古老的游戏

现在，我用五十岁的目光，看着八岁的你
和你身旁的男孩，一遍遍问自己——
那个男孩，是谁，去了哪里

## 口红记

怎样，我才能集齐这世上的
美、温润和怦然心动

怎样，我才能风尘仆仆地奔向你
而依然保持一个婴儿的心灵和身体

怎样，在吻过你千万遍之后，我依然
还是最初的那一缕灿烂

怎样，我才能把你捧在掌心不掉下来
含在嘴里不融化

怎样，我才能让你明白
我不是最爱你的人，而是
最疼你的那一个

这是多么神圣的时刻，太阳

每天都会在你的脸庞上升起

喷薄，辉煌，照亮孤单的人间

## 预兆（一）

这是神秘庄严的时刻，你所看不到的一切
将决定你的未来——
梦、时光和一个爱你的灵魂……

所以你要保存好那些具体的事物：一张
雕花的老旧木床，一架可以像心脏一样跳动的
钟表，一个人清澈的目光，一支
可以反复写下命运的笔，一场在黄昏时
落下的小雨……那些看不见的事物
就藏在它们中间，你要在适当的时机
找到它们

而我一直在你的身边，你疼的时候
就会看到我……亲爱的，万物皆现实
只有你，是你自己的预兆

## 预兆（二）

不能说我做了噩梦，我只是
被困在了梦里，不能说我心不在焉，我只是
被菜刀无意间关心了一下，不能说
我写下了错别字，那只是
一个字走得太快了，崴了脚

不能说我感觉到你病了，我只是
心，隐隐地疼了一下
不能说，这庸常的生活总不尽如人意
至少，我还可以抱着一个人
失声痛哭

至少时光会给我一个交代……亲爱的
你若安康，这人间才是太平盛世

## 邀请函

亲爱的，鉴于——
你的善良、优秀和美丽
你为我付出的财物、时间与感情
你在我心中不可代替的地位
你对我的那一份舍生忘死的爱
我们在一起时的美好时光
特别是我们分别时，你眼里的晶莹
和我心中的那一种疼……
特郑重邀请你——
与我共同打造我们美好的生活，我会
准备好面包、啤酒和诗歌，我会在
今后的每一个日子里都亲自下厨，让你
吃得香喷喷胖乎乎，如果你乐意
我会双手一直把你捧在手心，让你
成为我永远的小公主……如果生活
还不能尽如你意，那一定是我
还没有将你爱得彻底……我将承诺

负责你一生的食、宿、行……而你

只负责快乐和幸福……亲爱的

感谢上天让我遇到你，我急切地

等待着你，期盼你能抽出余生

出席我的一生……

爱你的人，此年此月此日此时此刻

# 第四辑　我从未完成，我一直在诞生中

事已至此，木已成舟，索性

就允许一个人悲伤得前无古人，也允许

一个人，幸福得，后无来者

# 卸 妆

……是戏，便终有一散，散了的
还有夸张的锣鼓声、胡琴声、高深莫测的
笑声和哭声，以及知根知底的
掌声：手掌的确可以说出
心无法说出的疼痛

古老的故事定了定神，从容不迫地
走下舞台：无论怎样古老的故事，最终
也要回到生活中去，没有故事的生活
和没有生活的故事，都不值得回味

但这并非故事的结尾：她对着镜子，卸下
丹凤眼，卸下红嘴唇，卸下浓黑的双眉……卸下
眼角的一滴泪水时，她如释重负地
松了一口气……她终于在别人的生活里
过上了自己的日子

# 路过此生

截至现在，我已在这个世界上
活了五十年，五十年来
我活得谨小慎微、忧心忡忡
有时候，还会在睡梦中
不知所措地突然惊醒……

只是惊醒后，我怎么也找不到
那惊醒我的事物，所以我断定
肯定还有另外的时光、另外的奔波，我只是
路过此生，路过
另一个人的一生

——我从未完成，我一直在诞生中

# 在十字路口

绿灯亮起的时候，我搀扶着一个老人
过十字路口，他头发灰白，眼神紧张，脸上的皱纹
新鲜，深刻，手中提着一个布制的袋子
两根芹菜嫩绿的叶子，摇摇晃晃地
探出头来，身体颤巍巍地佝偻着，挂在
我的身上，仿佛他苍老得
只剩下了一个轻飘飘的灵魂

来来往往的车辆，整齐肃穆地停在斑马线外
他们目睹了，一个人扶着自己的暮年
艰难地，走过了一生

## 上学记

是不是，你也有和我一样的经历，上学时
我们总是对上学不感兴趣，我们总是
想些与上学无关的稀奇古怪的问题
在语文课，我们总是想着怎样替癞蛤蟆
给天鹅写一封情书，想着如何给一个词
安上翅膀，又如何给另一个词
戴上缰绳，以便在考试的时候，它不会
走得离我们太远

在数学课，我们会问老师，天空除以大地
是什么，太阳乘以月亮是什么，男人加女人
是什么，闪电减去雷霆又是什么，而一株草的多少次方
才能够茂盛成一棵树

在历史课，我们并不关心谁又做了皇帝，而是
一再地追问老师，那个从历史中开了小差的人，后来
怎么样了，不知道当我们问完这个问题之后，我们

刚刚完成了自己的历史……更多的时候，我们幻想着
历史中的某个人，会走出课本，这样
我们就可以接管他的历史

在地理课，我们搞不清经线纬线，也弄不明白
四大洋五大洲是怎么回事，我们常常想的是
怎样让一场雪下在夏天，怎样让一条江或者河
拐一个弯，从我们的家门前路过，怎样让一座大山
在我们攀登的时候，不再喊疼

在体育课，我们注意的，不是谁能跑多快跳多远
而是想着，怎样可以一步登天，像孙悟空一样
站在云端上，把体育老师好好地收拾一下

在音乐课，我们怎么也搞不懂，七个数字
怎么一转身，就变魔术似的成了音符，从而认定
数学不好的可以学音乐，只要你拉开嗓门吼就可以了
只是，我们怎么唱，也唱不出自己的心声来——
我们还不明白，青春年少，心
还发不出自己真正的声音来

在美术课，我们画草画树，画妖画怪，但是
我们从没有画出一个真实的自己，我们
还没有学会把自己的灵魂，交给一张纸

在生活课上，我曾问过老师生活是什么，老师
看着我，认真地说：生活
就是为数不多的课外活动……现在，几十年过去了
我终于真正明白了这句话的意思
我们耗尽一生，都在学习生活，而不是完成

## 素食者

每个素食者，都有自己迫不得已的原因
有的因为疾病，他要甩掉那些多余的脂肪
有的因为信仰，他想得到上天的庇佑
有的是要在自己的身体里，建一座森林
以便心灵，可以呼吸到更多的氧气

那个说不出原因的人，不免让人产生怀疑
没有原因的结果，这不符合常识，例外
总是会让人侧目，产生嫉妒的心理
更不会有人相信，是一株玉米，培养了大地
是一杯清水，滋润了天空

而我，只是爱上了一棵白菜的翠绿和简单
我相信，那也是你喜欢的

## 拾荒者

与大多数拾荒者不同，他衣着干净，面目清洁，即使
俯身垃圾桶的时候，他也会把身前的衣服
小心地按住，然后，轻轻地，把一个矿泉水瓶
放进随身携带的干净的包里

他就住在我们这个小区，但我从未和他说过话
我在傍晚散步的时候，他辗转于各个垃圾桶，但似乎
他比我走得更加轻松、沉稳，相对于我的匆匆忙忙
他干净的背影，更像是闲庭信步

当我站在垃圾桶前，我忽然明白
在这人世间，我们每一个人都是拾荒者
只是方式不同，捡到的东西不一样，而唯有他
即使生活糟糕成了一堆垃圾，他也没有放弃自己
正是这小小的尊严，让生活不敢太过猖狂，让他
超越了我们大多数人

## 我想要的生活

我现在所过的一切，和将要
经历的一切，正好是我
想要的生活——
一切都在意料之中，我为生活
所付出的一切，生活
都将以另外的形式，还给我
生活，不会欠任何人的

如今我早已过了大命之年，但大命
一直没有降临到我的身上，我不是
上天选中的那一个人，我很庆幸
不用负那么多那么大的责任，而只把
仅有的几个亲人环抱在胸口，我爱他（她）们
胜过，爱这个世界

唉，我知道自己的爱是多么微小，不值一提，但
就这样吧，我默认了自己的无能，就如同

默认了，这个不尽如人意的世界

事已至此，木已成舟，索性

就允许一个人悲伤得前无古人，也允许

一个人，幸福得，后无来者

## 照镜子

近来，不知为什么，我总是
想照镜子，当我站在镜子前，我看到
出现在镜子里的人，是我的父亲
他面目清秀，头发油黑，风华正茂
镜子里的父亲，是没有做父亲时的父亲
——不是我，是我的父亲在照镜子

又一次我站在镜子前，我看到
出现在镜子里的人，是我的母亲
她大张着嘴，向我说着什么，但没有
任何声音传出来，镜子里的母亲
已经说不出话了，她生前
对我说的话太多了
——不是我，是我的母亲在照镜子

又一次我站在镜子前，我看到
出现在镜子里的人，是我的爱人

她微笑着，眼睛里闪着亮晶晶的泪花
我知道，她说出幸福的时候，也在说着
不幸……的确，我欠她一个说好的人间
——不是我，是我的爱人在照镜子

又一次我站在镜子前，我看到
出现在镜子里的人，是我的女儿
她咯咯笑着，手里扯着一只风筝
消失在镜子深处……这么多年，我的心
被扯得一阵疼一阵痛，我生下她
仿佛就是为了让自己成为疼痛的一部分
——不是我，是我的女儿在照镜子

最后一次我站在镜子前，我看到
镜子里空无一物，没有我，没有其他人
也许，我把镜子里的东西照完了
一面镜子，它的容量是有限的
我只是奇怪，我从来没有在镜子里
看到过自己，也许，我在镜子里走丢了
也许，一面镜子看到我时，就闭上了眼睛
一面镜子累了，不想再收留任何人了

——不是我，也不是其他人，没有人
照过镜子……没有人，能从镜子里
返回人间

## 晚 安

你让我对谁说，怎么说
是不是当我说出晚安——
这个喧嚣的世界就会安静下来
你温柔的眼睛就会轻轻闭上
时光就会悄悄放慢脚步
泪水会停止汹涌
大海会停止沉没
一把正在扣动扳机的枪会停止发射……

但是一朵正在开放的花不会停止芬芳
天空不会停止蔚蓝
一朵云不会停止自由
一个孩子不会停止微笑
一个梦不会停止美好
两个相爱的人不会停下相爱的脚步……

晚安，宝贝

是不是我对谁说出晚安，谁
就会成为我亲爱的宝贝
而那个没有一张床可以说晚安的人
只能在天上，静静地发光

晚安，宝贝
晚安，世界
晚安，我的心

# 一个中年男人的生活守则

早睡早起，如果不是天塌下来，就不要熬夜
每个人的身体里都有春夏秋冬，你要顺应它们
至于身体里的金木水火土，你也要安抚好它们
尽量亲自下厨，吃饭乃人生大事，不可马虎
一日三餐，五分素，三分荤，两分空着，这就像人生
凡事，都要留有余地，要礼让三先，要未雨绸缪
不再轻易厌恶某一个人，也不再轻易喜欢某一个人
擦肩而过与厮守一生都有着同样的欣喜
要常回家看看父母，他们曾经为你付出了所有的一切
不要等到子欲养而亲不在，痛悔一生，空留遗憾
每天陪老婆说说话，她把最美的年华给了你，并且还要
陪伴你一直走下去，你不要辜负了她
要理解孩子的青春期，因为你也青春期过，如果是女儿
你要格外细心和耐心，因为她是你前世的小情人，今生的小棉袄
每年都要和亲人们去外面走一走看一看旅一旅游
山外有山，天外有天，人外有人，家之外，还有一个更大的家
这世上，最美的风景，就是和亲人们开心地走在看风景的路上

不再做力不从心的事，工作也好，理想也好，要顺其自然
不再和时间赛跑，许多事，其实没有你想的那么着急，更何况
没有一个人能走在时间前面，不论短跑还是长跑，时间是永远
　的冠军
每年做一次健康检查，特别是心灵的健康，要格外重视
许多病，其实都是由心灵造成的，所以要保持心情舒畅
说小了，是亲人们需要你，说大了，是国家需要你
坚持每天散步，晒太阳，深呼吸，累了，就在树荫下歇一歇
没有过不去的坎，痛苦也罢，快乐也罢，都是人生的必修课
素朴的生活，不鄙视钱财，只是更敬重黄金的品性
要明白，人来到这个世上，不是来寻仇的
要善待这个世界，善待他人，善待草木虫鱼，更要善待自己
天下，没有一个人不是好人，没有一件事不是好事
人生的修行，柴米油盐酱醋茶，合起来，只是一个爱字
如果能有来生，请不要拒绝

## 梦 境

……一切都是真实的，一个人
在另一个人的虚幻里，真实地走动着
他在另一个人的身体里，喝水，吃饭，散步……

不是梦境，不是，他反复说着，我怎么可能
一直活在梦境里：这个世界
难道只是一场虚和幻

他坚持着梦境，让这尘世
不至于中断

# 填 表

这一生不知道填过多少张表，但仔细想一想
似乎没有一张
是真正为自己填的
我们总是为这样那样的事
填上这样那样的文字，无非是
姓名，年龄，男女，籍贯，学历……

如果可能，我愿意下面这一张表
是我此生填的最后一张——

姓名：一个善良的人
年龄：一直没有长大
男女：有时候男，有时候女
籍贯：母亲的怀抱
学历：生活初级……

如果可能，我还想把自己的死亡证明填一下——
他死于一场心灵的激情

## 洒水车

午后的大街上，行人三三两两的，间或
三三两两的车辆静静地划过，路边的树荫下
有人席地而卧，胸脯一起一伏地酣睡着

远远地，一辆洒水车缓缓驶过来
仿佛这夏日午后的一个奇迹
一只小狗，紧紧跟在洒水车后
来回甩着脑袋，使劲仰起头，咂吧着
亮晶晶的水滴

天空蓝得纯粹而高远……没有人注意到
洒水车，也渐渐慢了下来，直到
像一条大狗，依偎在
小狗的身旁……

而树荫下那个酣睡的人，翻了一个身
嘴巴，轻轻咂吧了几下，又
静静地睡去

## 手机

如今，与我们最亲近的，不是
父亲、母亲、儿女、兄弟姐妹，而是
手机，手机横亘在人与人之间，像一个
理直气壮、光明正大的第三者

当我们说要找某人时，我们只是找到了
某人的手机号，我们每一个人
都隐藏在一个手机号后面，所以
我们的面孔都有着数字般的千篇一律
就连生活，也简单成了一个手机里的微信画面
我们在手机里将生活改头换面、掐头去尾，只剩下
我们期望的样子，而我们也似乎相信
那就是生活本来的样子

一个人可以没有房子，但不可以没有手机
当我们打开手机，就是打开了全世界，就是
打开了生活，如果手机没电了，我们的生活
也就黑了屏，手机不再是一件生活用品，而成了

生活本身，将我们牢牢地绑架

唯有那个不用手机的人，孤零零的
仿佛是一个被生活抛弃了的人
无论你怎么摁，他沉默的背影
都不会响

# 深夜三点的蚊子

先是纤细的疼，然后是无法忍耐的痒，最后是
嘤嘤嗡嗡的呼唤声，深夜三点，一个人
被一只蚊子猛地叮醒……万籁俱寂，一只蚊子的挑衅
猛于老虎

起身，开灯，忍着愤怒，瞪大眼睛，像一个
考古学家四处细细地寻找着……然而，你什么
也没找到，一只蚊子杳无踪影，仿佛你在睡梦中
感受到的只是幻觉……你愤然而又沮丧地
关灯、上床、入睡……头还没有来得及焐热枕头
你又听到了蚊子的嗡嗡声，在你的头上脸上萦绕……你
恼羞成怒地再一次起身、开灯、寻找……然而
一切都是徒劳，一只蚊子，像是从来没有存在过

你这刻薄、尖酸、狡猾、无耻的东西……你咬牙切齿
你绝望地瘫倒在床上，你终于放弃了
对一只蚊子的战争，像一个人
默认了自己内心里的恶

# 2018 年个人生活白皮书

一如往常的一年，日子没有更多的改观，但也
没有糟糕到不可接受，没有大灾大难，也没有
大疾大病，一日三餐，白菜豆腐，粗茶淡饭
偶尔吃肉，偶尔喝酒，偶尔风寒感冒，偶尔
和老婆拌几句嘴，偶尔藏下一两张私房钱
血压没再升高，血脂略有降低，血糖保持平稳
坚持绿色出行，坚持每天散步，坚持与人为善
坚持兢兢业业工作，但有时也悄悄偷个懒
真是岁月不饶人啊，日渐衰老的身体
再也跟不上一颗年轻的心
坚持每日亲自下厨，让面粉进步成面条、馒头和包子
让大米熟成理想的样子，让各种蔬菜汇聚一堂
让酸、甜、苦、辣、咸各安其味，和平共处
食有余闲，就捧着一杯茶，写下风轻云淡的文字
让人间烟火在古老的文字里再温暖一次
坚持关心国内外大事，天下兴亡，匹夫有责，当然
更多的时候，我更关心我目光所及的人和事，比如

女儿的青春期正热火朝天，老婆的更年期
刚进入状态，我家门前架起了高架桥，一个朋友
又结婚生子，而另一个朋友却不幸去世，我的头上
又添了几根白发，已经故去的父母
据说在天堂尚好……
回顾过去，展望未来，每一年都是生命值得纪念的过往
有所爱，有所为，有所敬，有所愧，有所憾，有所耻
这一年，我和生活都保持了相对的忍耐和克制
虽然有些小摩擦，但始终没有翻脸，始终朝着
我们期望的好的方向发展
谢天谢地，无论怎样，我都感到无比自豪
我有幸参与了生活这个伟大的工程

# 听 雪

静下来，听雪，听
一粒雪挣脱天空时微微的喘息
听它在茫茫虚空中，怎样找到
一条现实的道路

那不是舞蹈，是挣扎，是
前不着村后不着店的惶恐，是一粒雪
捂着心口喊不出的疼痛

甚至不能流泪，不能选择，不能
把另一粒雪紧紧拉在手里
只有无尽的漂泊，像停不下的生活

从来大美都出自一种历尽沧桑的苦难
一粒雪也不例外——
大地静美，不过是一粒雪
暂时的喘息

# 我曾经爱过的事物

五岁那年，我爱上了大宝腰里别着的那把
粗糙、笨拙、神奇的木头手枪，只要他
举起木头手枪向前方一指，我和小伙伴们
就会赴汤蹈火、冲锋陷阵，如果他把木头手枪
对着我们，我们就会心甘情愿地纷纷倒地
多少回在梦里，我举着大宝的木头手枪
将大宝和小伙伴们一次次击倒

后来我爱上了一本叫《红楼梦》的书，我把
所有的课外时间，都给了它，我拿着字典
一个字一个字地读，但我到今天
也没有读完它，只觉得人生
真的好像一场梦，到头来只剩下
白茫茫一片真干净

十八岁时，我爱过一个同年级的女生
上学时，她在前走，我在后走，下学时

我在前走，她在后走，但我从未告诉过她
我爱她……我就这样眼睁睁看着她
成为了别人的新娘

一把木头手枪，一本叫《红楼梦》的书，一个
同年级的女生，我曾经爱过的
这些人和物都早已失散，但我的爱
一直保留了下来……如今我深爱着你
和这个并不完美的世界，其实
都是对他们的延续

# 水 井

心灵、黑夜与水井
它们是同一类东西

拿一块石头，朝井里扔下去
经过一段时间
也许是几秒，也许是一生
就会听到沉闷的一声
像是一个人
竭力忍耐着什么

幽深的井水，因为疼痛
而闪闪发光

心灵和黑夜也是如此

# 雨 晴

雨落下来，路上的行人
都急急忙忙地躲避着，仿佛雨
是一簇簇亮闪闪的箭头，能把人
射穿

唯有那些树木，泪流满面地坚持着
它们不允许雨把大地搬走，它们不允许自己
擅离职守，它们不允许天空
没完没了地倾泻而下……

一只猫从树底下跑出来，跳上
一块石头，使劲抖了抖身上的雨水，身后的天空
愣了一下神：太阳出来，像一个人
打着一把晴朗的伞

## 江 山

我知道自己的渺小，所以
我从不敢说大话，做大事，搬
自己搬不动的石头，更不敢
指点江山，因为江山
从来也没听过人的话，江山
有它们自己的梦想，它们
有它们的事情要做，它们
不屑于与我们一般见识……

而我愿意，做这江山里
可以忽略不计的那一部分
筑草屋，喝泉水，晨钟暮鼓
与你一起，在这庸常的人间烟火里
哭哭笑笑地度过此生，原谅江山
从不为我们活过一天，原谅自己
在你面前，从没有学会江山的内敛
原谅我们一直守着的秘密，江山
早已替我们守了亿万年

## 秋风中的落叶

时间不多了，秋风来了
那些一直在做着飞翔练习的翅膀们
充满了惊奇和不安

来不及忧伤，甚至来不及告别
一枚叶子
踏上了不归路

这是一枚叶子最好的时光
这是一枚叶子最美的容颜
这是一枚叶子最后的辉煌

不归，何尝不是另一种归途
飘落，又何尝不是另一种
上升

一枚落叶，它犹疑、胆小、卑微

却终于代替一棵树，完成了

一次辉煌的飞翔

# 醒

忽然半夜醒来，就再也睡不着了
仿佛有什么东西，在我的身体里
也忽然醒了——

有什么东西，它醒来，说出
辽阔的白床单，和寂静的星星

这么多年了，我竟搞不清，我的身体里
有多少东西在沉睡，还有多少东西
在渐渐苏醒……

唉，真是的，这么多年了
我还是无法说出，那长眠于我身体里的
是什么

## 春光里的祖国

在北方，春天总是来得晚一些，所以
一个北方人对于春天的渴望，也就
更强烈一些：你看街边那个服装店里的女子
早已把春天的衣服，摆满了货架……

春天的阳光，透过巨大的玻璃窗，欢快地
照在那些花花绿绿的衣服上……而窗户边的桌子上
她刚上一年级的女儿，在春光里，一笔一画
笨拙地写下：祖国

这春光里小小的祖国，横平，竖直，安静，祥和
依偎在一张洁白的纸上，离一个孩子的心
是那么近，那么近，似乎用不了多久
就要融合在一起

# 厨房记

1

真理大部分时候存在于厨房，并且
在厨房，真理是不能拿来做要挟的
在厨房，真理是热乎乎的，从不会凉
一直冒着人间烟火，几近于
生活的本色，就是说，在厨房
真理，是用来填肚子的
有它物质的一面

2

一直认为生活的本色，就是小时候
姥姥家的大土灶灶门口一闪一闪的火光
姥姥坐在灶前，神情温暖、随意
而又认真……饭熟了，她边喊边把
一大碗一大碗的饭端上桌，瘦小的身影
也冒着热气……而灶门口，会有一根玉米秆
或者高粱秆退出来，在烟气蓝缕中

渐渐地熄灭……姥姥告诉我
那不是火熄灭了，是火
藏到了玉米高粱秆里，姥姥还说，火
有好多种呢，只有玉米高粱秆里的火
才是原装的火

3
这里有生活的真相，凌乱
而又不失秩序，五味杂陈
而又一以贯之，一小块性感的肉
可以让你想入非非，而一棵白菜
又让你起了慈悲之心……你经历了一切
但你对吃这件事始终如一，吃
成了你最后一根救命的稻草，吃饱了
天下才会有救……真正的君子
是不会远庖厨的，君子爱吃
取之有道，取之有益，取之有味
取之有天地之心

4

最好的爱情，一定诞生在厨房，我看着你

把菜洗净、切好，你看着我

热锅、起油、放菜……这过程

恰好暗合了一场五味杂陈的爱情

醋是酸的，糖是甜的，酸加甜

是你喜欢的，盐是咸的，盐加盐

是苦的，是生活偶尔犯了错，而辣椒

是你的最爱，无辣不欢，无辣

不值得来此人间

在这里，我把所有的味道

变成你的味道，仿佛这世界

变来变去，最后都会变成你喜欢的

而我，爱来爱去，其实

爱上的只是同一个人

5

所有有声有色的节日，都诞生在厨房，端午

吃粽子，中秋吃月饼，立冬吃饺子，腊八

喝粥……过年的时候，全中国
就是一个大厨房，头顶上飘的
全是母亲的味道……世事多变，人心无常
只有母亲的味道，一直飘在
我们的身边，不离不弃

6
从灶台到餐桌，这是一个母亲
永远也走不完的道路……因为一个母亲的坚持
一间小小的厨房，才保住了
这浩瀚辽阔的人间烟火

7
年轻时，我喜欢吃红烧肉、炖骨头，现在
我只能吃白菜清水炖豆腐，不是我不喜欢
红烧肉和炖骨头了，是医生说，你
高血压高血脂高血糖，少吃大鱼大肉，多吃
清淡之物，人这一生，吃什么，吃多少，都有个
定数，你前半生把一生的肉吃完了，后半生
就只能吃素，凡事都是这么个道理……饭中
日月长，个中滋味，只有我自己知道……有时候

我会节一天食，我的意思是
让厨房也休息一天，厨房
也需要减减肥……

8

我们说有一个家，其实就是有一个
做饭的地方，我们说找一个爱人，其实就是
找一个会做饭的人，我们说携手一生
不过是两个人坐在饭桌前
吵吵闹闹地，吃了一辈子饭

9

柿子红、青椒绿、面粉白、土豆土……
真正伟大的现实主义
永远在场，永不落幕

# 第五辑　徒步者

凡令人心动的，皆可成为永恒

凡让人怀念的，都会闪烁成我们头顶的星辰

## 在草原，邂逅一匹马

午后的时光慵懒而又漫长，一匹马的出现
正好填补了一座草原的辽阔与散漫，当我
像一个追梦者躺倒在草原上，一匹马
却忽地奔跑起来，天空和大地
显然没有做好准备，一起摇晃起来，一条河
也激动得亮出了明晃晃的心

一匹马用自由的奔跑，将草原划分成
故乡和景点，而所谓大风，也只是一匹马
飞扬的长鬃

一切都是无边无际的，暂时，一匹马
自己做了自己的主人，而我猜想
它从没有渴望过骑手，或者，它正从一个骑手手中
脱缰而出

## 谒燧人氏陵

你说，要有火，这世界
便有了火……

如今你静静地躺在这里，像一枚
永不熄灭的古老的火种，而我们
一点点向你靠近，仿佛
失散在人间的一缕缕光芒
又回到了源头

从你开始，万物睁开了眼睛
从我开始，光芒再不会失传

# 在阏伯观星台所想

我们站着的地方，你曾经站着
我们仰望着的天空，你曾经仰望着
你从星光中整理出的四季，我们
依然用着：春，夏，秋，冬，每一个季节
都是你，对我们最好的嘱咐

除了顺其自然，还能有什么
更好的生活……当你成为我们头顶上
最明亮的那一颗，我明白——

所谓的星星，那只是，你将人间烟火
抬举到了，宇宙的高度

# 在施光南纪念馆读施光南手稿

凡令人心动的，皆可成为永恒
凡让人怀念的，都会闪烁成我们头顶的星辰

这是一种什么样的力量，才能把田野
变成一曲永恒的希望[1]，这几乎
是上天，才可以做到的事啊

---

注①：施光南作曲有《在希望的田野上》。

## 在临沣古塞看农民摘辣椒

这些红彤彤的辣椒，与那些
苍苍的白发，刚好形成了
鲜明的对比：仿佛生命的火苗燃尽后
在他们头上，留下了微不足道的灰烬

他们和那些辣椒，一起端坐在中原
初冬的大地上：辣，作为生活的一种，他们
早已心中有数、习以为常……他平静地递给我
一枝小小的火苗，仿佛递过来
一粒心跳，鲜红，温暖，却又有着
说不清的，忧伤与孤独

# 午后，在洮儿河边散步

我初来乍到，还不能搞清一条河的来龙去脉
也说不出，一条河里豢养的鱼、浪花和闪电
我只是陪她静静地走了一段路程，我尽量
和她一样放松，散漫，心怀一个
不为人知的秘密，并像她一样，我企图滋润着
身边的什么：一个人，或者一句诗

我愿意想象一条河从一个人的心上出发，经过
我和人间时，有了脱胎换骨的变化，所以
当我把手伸进流水时，我摸到了
一粒新鲜却又历经沧桑的心跳，而水面上
一朵细小的黄花，安抚了一条大河的辽阔

迎面走过来的那个人，面庞安静，步伐从容，有着
一条河的清澈和源远流长……我相信
那就是我返回时的样子，而午后的阳光
把一个人和一条河，照得闪闪发光

一条河，流过兴安盟大地时，叫洮儿

流过我的心上时，我把她叫作，亲爱的

## 天池镇的早晨

我醒来时，寂静已准备好它的辽阔和木香味
昨夜忘了拉帘子的窗户，透进淡淡的晨光，犹如
一个人的眼睛，让我看到它里面的清澈和天真
这让我记起，白天游玩过的哈拉哈河
一直在离我不远的地方，静静地流淌

我捂着自己的嘴唇，我不让它说出寂静
我任自己像一片落叶，落向你的目光里
——这寂静，因了一个人的凝望
而变得更加优秀

我从没有想到，在天池镇，一个内心喧嚣的人
会成为寂静，最深的那一部分

# 谒苏轼墓

老哥，请原谅我这么晚了才来看你
不是我不来，是一直找不到一个
来看你的理由，再说，你一直漂来漂去
也没有一个定踪，我不知道
在哪里可以找到你……直到，你在郏县
彻底安定下来

你读过的书，我仍然在读
你用过的汉字，我仍然在用
你发明的东坡肉，我仍然在吃
你喝过的酒，我仍然在喝
你写过的明月，我仍然在写
你筑下的苏堤，我仍然走着
你经历的人生，我仍然经历着
只是，我从没写出过这些事物的
灵魂，从没写出过
一个人，绝版的生活

要嫁就嫁苏东坡，亲爱的老哥，如果
我是一个小女子，我一定会嫁给你，我会
为你做饭、研墨、生儿育女……年龄
不是问题，距离不是问题，生死
也不是问题……

亲爱的老哥，这是公元 2019 年 11 月 15 日
我站在你的墓前，像一枚浪迹天涯的汉字
终于找到了故乡，又像一个人的生
找到了他的命

## 徒步者

在这个快速到了 5G 的时代，常常
我愿意徒步，有时候五公里，有时候
十公里，有时候向远处的阴山走去，有时候
只是漫无目的地随便走走……

我会慢慢走过一棵草，看看它的碧绿或者枯黄
也会慢慢路过一棵树，凝视它的开花或者结果
如果有一只鸟儿飞过，我就会抬头，久久地仰望天空
仿佛第一次见到那样纯净的飞翔
和天真的蔚蓝……

如果我登上阴山，我就会像一块石头一样
静静地坐一坐，千年或者一瞬都无所谓了，重要的是
当夜幕降临，我一伸手
就可以摁亮满天的星星……如果幸运
我会偷偷摘下一颗，人们把它叫作
宝玉，黄金，或者钻石

我不能透露我的目的地，也不能泄露你的消息
我只能说：我走到哪儿，你就在哪儿
当我风尘仆仆地站在你面前，你知道的
每一次，我都已竭尽全力

我不会背着一个包，特别是那种硕大的包
对于一个真正的徒步者，除了你和道路
他什么都不需要……你知道的
一个徒步者抵达的远方
是飞机、火车和汽车合起来
都无法企及的

## 夜宿黄花驿

这古老的驿站迎来过大风、士兵
和加急的时光……此刻，它迎来
来自天南地北的诗人们：有着晋国风度的
周所同，操着蜀国方言的龚学敏，目光
深沉辽远的阳飏，像屈原一样瘦骨突兀的
毛子，胸怀大漠长河的郭晓琦……在这个
叫黄花驿的客栈，他们操练着
不同的口音，像是将随身携带的故乡
搬出来，一一细数……

只是，一枝黄花带来的消息，我一直
不敢拆封，而一些消散了的事物，据说
即将悄悄返回——

大唐往西一千三百多年，是一群诗人
歇过脚的黄花驿：你看那个叫包苞的兄弟
站在黄花驿的门口，肃穆的神情，像刚刚在此
将一个帝国的命运，交付了出去

## 岛上一夜

——写在洞头

静卧于一张床上，我变成了
一座岛，而那个将我的一颗心
高高举着的人，正在成为
一座灯塔

是什么，让一颗心在黑暗中发出光来
当我把一个名词放到大海里，它就会
变成一个动词，犹如将一条鱼
归还给泪水

一场梦还能坚持多久，在我沉睡时
大海发出了轻微的鼾声，在我说出
你的名字时，大海就一下子
安静了下来

岛上一夜，海水全白了头

# 秋日的大海

苦和涩都更蓝了一些，但还没有到
青的程度：秋日的大海
多么像一个人的中年，深沉得
有些言不由衷

人生百年，白驹过隙，倏忽一瞬，不要
为难自己，不要为难别人，不要为难
这永远热泪盈眶的大海

大雨如鼓，海浪如沸，在这万众欢呼的时刻
我愿意，做那个独自沉默的人，一边
默默地想着你，一边独自抵挡着
这一浪一浪涌过来的永无尽头的秋风

## 鼓浪屿：小巷里的时光

在鼓浪屿，我愿意把时光，浪费在
这些不知名的小巷子里，当夕阳的余晖
漫不经心地散落在，幽深的大海和斑驳的街道上

此刻，我愿意做一个没有人生目标的颓废者，一个
退隐江湖的不识字的老渔民，把大海归还给大海，把自己
归还给自己，把云淡风轻归还给一颗苍老的心

我愿意拣起凋零的这一枚落叶，递在你的手心，当作
我们百年好合的信物：亲爱的，这一朵阳光
再不会凋零

不会凋零的，还有这些刻在石头上的花朵，那是怎样的
一双灵巧的手啊，为谁，为了什么
坚持着孤独，却又被风雨消磨，被时光铭记

而那个坐在院门口的孩子，一个清澈的眼神
我就把他认作了我的童年：他的天真

是一座大海的蔚蓝

面对一棵凤凰树，我叫她姐姐，看见一朵三角梅
我喊她妹妹……而这个黄昏的鼓浪屿，我愿意
尊她为母亲，我是说，美，是万物之母

那隐隐约约传来的钢琴声，莫非是她在高一声低
　一声地呼唤我
那个在一扇窗户前独自伫立的老婆婆，莫非
是我山高水长、白发苍苍的母亲

扭过头，瞥见一块牌子上写着这样一行字
——这里不仅仅有梦，还有梦想
旁边，一只猫探起身子，嗅着一朵半开的花

幽深的小巷，老旧的房子，还有这波澜不惊的黄昏
或许，这才是生活的本来面目——
无名，安详，而又有些寂寥

## 致艾青

——写在艾青故居

说是致，可我拿什么致呢，是用这
金东 658.19 平方公里的土地，还是用这
110 年的时光，还是用一座草原
无边无际的辽阔

此刻，我坐在你曾经坐过的地方，想象着
你当年的样子，是不是和我一样
心怀忧伤，而又手足无措……人间辽阔
值得我们热爱的事物，并不是太多

还是用一粒汉字向你致敬吧，先生
我来，是想步你的后尘，唤回那些
失散已久的汉字……虽然，我依旧无法安抚
你眼角，那一粒，背井离乡的热泪

# 在雅里村王氏宗祠小坐

说是偶遇，实则暗合着必然
这就像血管里的血，从来没有改变过
它的流向

当我在雅里村王氏宗祠坐下，一颗心
充满了从未有过的安宁：像那故乡
在我身上再一次醒来

按下快门的时候，我挺了挺腰，似乎
有什么东西，在我的身体里，将我
悄悄地扶了一把

# 在两当红军街，与国旗合影

在两当红军街，两旁房屋前的国旗
整齐地排列着，远远看去，仿佛
当年那些随时就要出发的红军……而我
像一个突然长大的孩子，一下子明白了
红色的全部意义

不由自主地，在一面最大的国旗墙前
我把自己轻轻地依偎在上面——

哦，我从未与我的祖国，挨得
这么近，这么血肉相亲，这么怦然心动……
仿佛这祖国，是我一个人的
祖国

# 对于一座山的个人注解

1

我要找一座山做靠山

一抬头，看见苍苍的阴山

——好，就它吧

2

我总是一抬头就看见苍苍的阴山

从我未出生时它就站在那里

不吃不喝，不说不闹，不喜不怒，即使

我多少次登上它的峰顶，它也

没有什么反应

3

我曾经看见一只鹰在它上面反复盘旋

然后

嗖的一下俯冲下来，仿佛阴山

突然伸出一只无形的手，将一只鹰

猛地
拽了下来

仿佛，我的心，也被什么
重重地
扯了一下

疼或者痛，都是蔚蓝的

4
有时候，我会用一两个小时的时光，慢慢地
走到阴山脚下，偶尔
我会看到一只野兔，从山坡上面
石头一样
滚
下
来

后面
跟着一大群松树、杨树、榆树……那奔跑的姿势
多么令人羡慕，多么令人惊心动魄——

它们，才是阴山最古老的游牧民族

当然，还有那些石头、风和月光，以及
一匹匹不羁的野草

5
在阴山的一座峰顶上，我目睹了先人们
刻在岩石上的图画，有些我可以认出是牛是羊
有些，已模糊不清，我深知
那是阴山，故意对我
隐瞒了一些什么

6
据考古学家说，几十万年前
阴山就有人类活动，我还在他们研究发现的
大窑文化遗址上的石器制造厂
拣了一枚石头回来，似乎
与别的石头
是有些不同

想一想都是一件令人怦然心动的事啊——
年轻的人类，站在古老的阴山上
眺望着我们

7
还有那些秦长城，斑斑驳驳，仿佛
嶙峋的历史露出了时光的肋骨
一片片青色的石头，像一具具
风干了的尸体，它们
被帝王差遣，又被百姓抛弃，现在
被我的目光仔细辨认——

一株颤抖的小树，从石缝间站起来
仿佛是某一个人的灵魂，把严密的历史
戳了一个窟窿

阵阵山风过后，是历史的窃窃私语

8
作为一座北方的山，很少听说它有过什么塌方
塌方不是北方山的性格，它像一个胸有成竹的人

心里，一直有数

它一直坚持着
不让自己摔倒

9
有一年秋天，我和一个朋友
驱车来到阴山深处，满山的金黄
波涛汹涌，让人睁不开眼睛，以至于
我把夕阳，也当做了
一枚缓缓落下的树叶，一次一次伸出手
接了又接

想起不久前，我目睹了一片叶子飘落的全过程
那是一片普通的杨树叶子，先是犹疑、挣扎，然后是
义无反顾地一跳，一片叶子
在偌大的阴山
缓缓地飘落——

一座山
在飘落

10

记不得在哪一个冬天，一小片雪
在阴山顶上
经冬未化

整个冬天，一座山睁开亮晶晶的眼
看着我
和这个世界

我一直记得，一座山的目光
清澈，悲凉，无辜
而又不知所措

当我艰难地爬上那片雪地，仿佛是给阴山
用生命
嵌上了一粒黑眼珠

11

常常，我会看到一个朝阳般的老人
在阴山脚下跑步，一群山不紧不慢地跟在身后

他矫健的步伐，暗合了
一条山脉的起伏——

他领着一群大山，在清晨的时光中
慢慢跑向远处

12
一天傍晚，我爬上阴山
就在我爬上山顶的一瞬间，星星和满城的灯火
亮了

仿佛是我
突然拧亮了它们

13
山中的夜，到底还是有些凉
因为凉，那些狗吠
与鸡鸣
便清脆了许多

但是一个老者的喘息，像阴山一样

黑魆魆的，连绵不绝

14

没碰见过野生的狼，但听说近些年
在阴山里可以看到，有些
还咬死了老乡的猪和羊

老乡们说，狼咬死了猪和羊也不能打
狼是国家二级保护动物呢

我还知道，狼是狗的祖先

15

阴山脚下，一点点红
随着我的脚步慢慢放大
走近了才知道，那是一处古迹
一处几近荒芜的古迹——
断墙上的杂草探头探脑
院子里，几只老鸦仿佛几个闲谈的老人
我走进去，它们就往天空里挪了挪身子

它们

为我空出了一场梦的地方

16

阴山少水，没有大的河，至多

也只是一些小溪，从阴山深处

不紧不慢地流下来

有好几次，我蹲在小溪边，看着自己的影子

在溪水里像一只松鼠一样，蹦跳到了山外

17

每隔几天，我都会去阴山脚下的那眼泉水旁

打一次泉水，我用它沏茶、做饭、熬药

这么多年，一座山的血脉

在我的身体里，竟然积聚成了一条黄河

这么多年，不知打回来多少桶水，但一次也没有

打回来它们流动的样子，对此，它们也不做

过多的解释

真正的长流水，日夜不歇……我知道
一座山也需要倾诉，也需要
一个永恒的倾听者

18

山中日月长，一棵巨大的柳树下，一群人
男男女女，正忙着烧烤，旁边的简易桌子上
放着啤酒、饮料和水果，他们
穿着时尚，说话夸张，不时
往手里的屏幕上瞥几眼，忙里偷闲地
划拉几下……倒是袅袅娜娜的炊烟
显出几分古意

就想起，那些在山中踽踽独行的古人，常常停下脚步
弹琴、听风、发呆……等一封
遥遥无期的家书

19

我也常常停下脚步，但我无琴可弹
在漫无边际的阴山，我只能
偶尔听听风、发发呆，更多时候，我会蹲下来

和那些花花草草说说话，无非是
问问暖，嘘嘘寒，说今天的天气真好啊……

黄花、马莲、野菊花……我相信
那是阴山，一年年，不厌其烦
写给我的邀请函，我也相信
在这世上，再也没有比它们
更生动的文字了

20

以前我一抬头就可以看到阴山，现在
我一抬头先看到的是一座座的高楼，它们
像一座座拔地而起的陡崖，横亘在
我和阴山之间

那些崭新的山，的确
比阴山年轻气盛

21

这么多年了，阴山从没有离开过我一步
想一想，还真没有一个人

可以做到这样

好，那就它吧，就让它在孤独无依的时候
也可以
靠一靠我

22
可阴山怎么会孤独无依呢？阴山
不是一座山，阴山是一群山，一群山
聚在一起，肯定是在商量一些
我们不知道的事情

人有人的事情
山也有山的事情
或许，那些飘荡在阴山顶上的云
就是它们商量的结果吧

群山荡漾，我看见了大海的另一副面孔

23
忘了说了，有一次

我和阴山喝酒，喝着喝着
阴山就手舞足蹈起来……

酒后吐真言，但我忘了
阴山对我说了些什么
以后有机会，一定再好好喝一顿，看看阴山
到底对我说了什么

——那一次，我与阴山，对饮成混沌

# 幸而还有诗歌，还有你（后记）

过了五十，就渐渐觉得这悲壮的人生有了风轻云淡的意思，对人对事对物对自己也不再苛求，明白了人、事、物都各有其命，都应各安其命，做好自己分内的事情。套用苏东坡的话，天下没有一个不是好人，天下没有一件不是好事，天下没有一处不是好风景。每一次心跳都是对这个世界最好的礼赞，每一次回眸都是对你深爱着的那个人最好的表达。用孔子的话说，这叫知天命，就是终于懂得了顺其自然的秘密。这顺其自然，就是真正和万事万物融在一起，随遇而安，随遇而喜，内心里坦荡荡的一片光芒。

诗歌，就是这光芒之一。

因了这光芒，生活便有了诗意，有了无尽的意味，也有了让我们热爱的理由。但诗歌不是生活的总结，也不是生活的补充，更不是生活的说明书。面对生活，一首诗歌，能说明什么呢？它甚至不如一篇新闻那样可以引起人们更多的注目。而当生活中的人和事最终成为“旧闻”时，诗歌又是什么呢?

也许，诗歌就是生活最终剩下的那种疼和痛所凝结成的大爱与大美，是这大爱与大美经由灵魂脱胎换骨后的风轻云淡，是“大音希声、大道至简”的得意忘形。

真正的诗歌，就是让时间开口说话，就是让万事万物发出神圣的光芒，是一场温暖的动人心魄的日出。真正的诗歌，是一片精美的碎瓷，你可以根据仅有的图案，从而推断出那消失了的完美的瓷器。

一个诗人不应该只待在温暖的书房里，他应该徜徉于旷野、森林、菜市场和寂静的午夜……他应该被阳光照耀、被大风吹拂、被人间烟火洗涤、被月光和星辰收留……

诗歌写到最后，不在于写什么，怎么写，而在于写出了什么。写出了什么，决定了写什么和怎么写。但问题是，他写下的永远是他想写而又没有写出的东西，他永远不满意，他的微笑里，含着坦然的理所当然的歉意。一个人和一首诗一样，永远在路上，在成长中，在即将到达中……

年过五十，人生的大势已去，生活真正的面目露出了端倪，一个人历尽沧桑的心也才刚刚醒来，它再一次睁开婴儿般清澈的眼睛，重新审视着这个世界。年过五十，我已有足够的自信和勇气，面对一切，心怀善念。

年过五十，不再抽烟，不再喝酒，不再凑热闹，一日三餐，清茶，淡饭，散步，读书，发呆，偶尔写下几句诗歌，但依然会心动和心疼，依然会在没人的时候，听一听自己山高水长的心跳。

年过五十，幸而还有诗歌，幸而还能爱，还能珍惜这素静时光里一个人投过来的难得的会心一笑，幸而渐渐地顿悟了这一粥一饭的意义，幸而明白了这世上真正的光芒来自内心，一意孤行，而又从没有离开过生活，没有离开过那个我深爱着的人。

年过五十，幸而还有诗歌可以自言自语，这成为我人生最好的留白，幸而还有你，可以让我的诗歌有了最好的归宿。

没什么可说的了，我在人间，挺好的。

2021 年 1 月 1 日于新年的爆竹声中